U0093488

古龍自署

國際學術研討會

古龍武俠小說 領先時代半世紀

【記者賴素鈴／報導】江湖代有才人出，這廂古龍凋零二十載，那廂今朝懸賞百萬獎新秀，浪淘不盡，唯有武俠熱愛，不隨時間變易，在學術研討會上更見分明。以「一代鬼才：古龍與武俠小說」爲主題，淡江大學第九屆文學與美學國際學術研討會昨起在國家圖書館，展開爲期兩天的議程，紀念武俠小說家古龍逝世二十周年，新生代學者與古龍故舊齊聚一堂，以文論劍話武俠。

日前與淡大中文系教授林保淳共同發表《台灣武俠小說發展史》，武俠小說評論家葉洪生昨天在專題演講中，直批胡適1959年底發表「武俠小說下流論」是「胡說」，學界泰斗的不當發言以及隨即展開的「暴雨專案」，反而促成1960年起台灣武俠新秀的繁興，「武俠小說迷人的地方，恰恰在門道之上。」，葉洪生認定，武俠小說審美四原則在文筆、意構、雜學、原創性，他強調：「武俠小說，是一種『上流美』。」

集多年心血完成《台灣武俠小說發展史》，葉洪生認爲他已爲從十歲起迷上武俠小說的半世紀畫上完美句點，並且宣布他「以後決心退出武俠論壇，封劍退隱江湖」。

雖然葉洪生回顧武俠小說名家此起彼落，套太史公名言「固一世之雄也，而今安在哉？」，認爲這是值得深思的嚴肅課題，昨天意外現身研討會而備受矚目的溫世禮，則爲了紀念同是武俠迷的哥哥溫世仁，推出第一屆「溫世仁武俠小說百萬大賞」，即日起至今年10月3日截止收件，經兩階段評選後於明年12月7日公布首獎得主，預料將會是一場武林新秀的龍虎爭霸戰。

看明日誰領風騷？風雲時代出版社發行人陳曉林眼中的古龍，其實領先他的時代半世紀，以致如今雖然古龍逝世20年，陳曉林認爲大家對古龍的了解仍然有限，預言未來世代更能和古龍的後設風格共鳴。

昨天這場研討會，也凸顯武俠小說作爲一項文學研究門類，仍有待開發學習空間。多位與會者都指出，武俠小說的發表、出版方式和管道具考證難度，學術理論與論文格式的建立待加強。而武俠名家的版權之爭、市場競爭力，也增加出版推廣困難，古龍武俠小說的版權糾紛、司馬翎作品的版權官司也成爲研討會的場外話題。

與

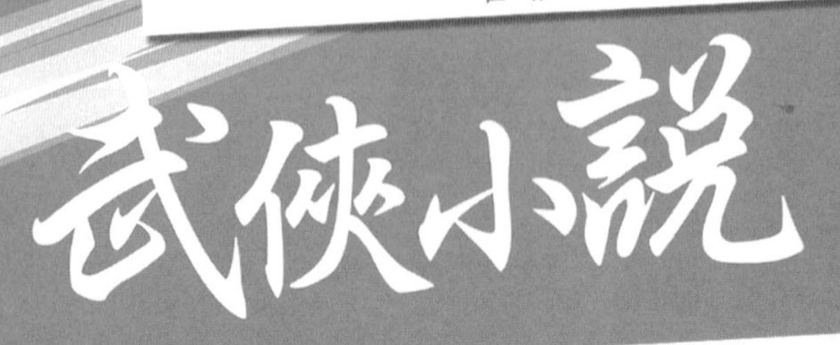

第九屆文學與美

古龍兄為人慷慨豪邁，跌蕩自如，變化多端，文如其人，且復多奇氣。惜英年早逝。余與古兄當年交好，且喜讀其書，今既不見其人，又無新作可讀，深自嘆惜。

金庸

一九九六．十．十一．香港

金庸

吸血蛾
（下）

古龍精品集 80

吸血蛾（下）

目錄

二十 故弄玄虛

杜笑天道：「這就要問他了。」

常護花竟全都聽在耳裏，倏地回頭，道：「那些花並沒有什麼不妥。」

杜笑天道：「我原就看不出有什麼不妥的地方，只是方才看見你那個樣子，還以爲自己老眼昏花，疏忽漏看了。」

常護花卻沒有再作聲，一個頭亦已轉了回去。

杜笑天只好閉嘴。

郭璞即使真的在希望，結果也只有失望。

史雙河所說的赫然是事實。

村人很多都認識郭璞，其中幾個好奇心特別重，一直在留意著郭璞的行動的村人更肯定郭璞每隔十天就駕著車到來，在雲來客棧門前停下，從車廂搬下一個用黑布蓋著的籠子，再搬進客棧。

村口茶寮的那個婆子還說出郭璞第一次到來的時候，是由一輛馬車送來，並曾經向她打聽雲來客棧的所在。

那些村人無論怎樣看，都只像村人。

他們更不像史雙河的同黨，因爲史雙河一走近他們的身旁，他們就恐懼起來。

那種恐懼的表情非常真實，似乎不單止小孩子，連大人都已將史雙河當妖道來看待。

他們就像是一般村人，熱情而純樸，對於陌生人，通常都會很友善。

行動詭異的陌生人卻例外，郭璞正是這種陌生人。

所以他們對於郭璞既深懷戒心，也特別留意。

他們的敘述比史雙河更詳細，也只是詳細，兩方面敘述的事情，並沒有多大的出入。

他們無疑是相當合作。

因爲他們之中不少人進過城，見過杜笑天、楊迅；知道杜笑天是什麼身分的人，也有三個之多。

這已經足夠。三個人，三張嘴，這個地方只是一個小地方，村人並沒有懷疑。

杜笑天、楊迅的身上穿著官服。

官服所象徵的威嚴，村人都明白，官府的力量，在鄉間，尤其顯著，更深受重視。

所以村人都有問必答。楊迅最高興的就是遇上這種人，郭璞似乎討厭極了。

廣豐號的人在郭璞來說更討厭，那個掌櫃一見面，就將他認了出來。

他們回城找到廣豐號之際，已接近黃昏，天卻仍光亮，那個掌櫃並不難看清楚郭璞的面龐。

郭璞一踏進店子，那個掌櫃便從櫃檯後站起身，道：「這位公子就是……」

他一再沉吟，說話還是接不上，顯然就認識郭璞，一時間卻又想不起郭璞的名字。

楊迅一旁忍不住說道：「他姓郭。」

那個掌櫃應聲頓足道：「對，就是郭公子。」

他霍地睜大眼睛，瞪著楊迅道：「原來是楊總捕頭。」

楊迅道：「你也認識我？」

掌櫃道：「總捕頭雖然從沒有進來，卻已不下百次在門外經過。」

門外就是大街，楊迅又何止百次走在大街之上。掌櫃不認識他才奇怪。

楊迅當然想得通其中道理，他摸摸鬍子，正想說什麼，掌櫃的話已接上：「未知總捕頭這次到來有何貴幹？」

楊迅道：「查案。」

掌櫃一怔，道：「我們這裏沒有事發生。」

楊迅道：「這件案也不是發生在你們身上。」

掌櫃道：「那發生在誰身上？」

楊迅道：「這位郭公子。」

掌櫃奇怪的瞪著郭璞。

楊迅接問道：「你是如何認識這位郭公子？」

掌櫃道：「他是我們的顧客。」

楊迅道：「是不是熟客？」

掌櫃想想看道：「要是我沒有記錯，他只是來過一次。」

楊迅道：「什麼時候的事情？」

掌櫃道：「大約是兩三個月之前。」

楊迅道：「到底兩個月之前，還是三個月之前？」

掌櫃道：「這就記不清楚了，廣豐號並不是做一個人的生意。」

楊迅道：「你對他的印象，不是相當深？」

掌櫃說道：「對於與我們有過大交易的客人，我們通常都盡可能記下他的容貌，以便第二次到來的時候招呼，務求給客人一個良好的印象，這是做生意的一個秘訣。」

楊迅道：「那一次他與你們交易的數目是多少？」

掌櫃思索道：「三千兩銀子。」

楊迅點頭笑道：「很好。」

掌櫃奇怪道：「什麼很好？」

楊迅道：「這證明了這件事並非完全出於虛構。」

杜笑天一旁接口道：「如果想進一步證明，卻非要弄清楚確實的日期不可。」

掌櫃道：「杜捕頭？」

杜笑天道：「你沒有認錯人。」

掌櫃道：「驚動到兩位捕頭，這件事相信非常嚴重。」

杜笑天道：「所以你們最好能夠盡量幫忙。」

掌櫃道：「這個不用說，我們也曉得應該怎樣。」

杜笑天道：「尚未請教……」

掌櫃道：「姓湯，這裏的掌櫃。」

杜笑天道：「湯掌櫃，關於日期那方面……」

掌櫃搶著應道：「其實也簡單，翻閱這兩三個月的帳簿，就可以查出來。」

他一頓又道：「當然最好就有那張銀票來照對。」

銀票早已交還史雙河。

不過票號以及銀票開出的日期，他們都曾經過目，都牢記心中。

銀票開出的日期是十二月十五，票號是豐字二百肆拾玖。

湯掌櫃翻查十二月十五日的帳簿，再對照豐字二百肆拾玖那張銀票的存根。

一切與史雙河所說的符合。完全事實，並非虛構。

郭璞的確在十二月十五日的那天到廣豐號，兌了那張三千兩銀子的銀票！

帳簿存根在櫃檯之上攤開，杜笑天、楊迅眼底分明，常護花同樣清楚。

郭璞也沒有例外，他面色慘白，目光已凝結，呆望著櫃檯之上的帳簿與存根。

杜笑天、楊迅的目光卻開始移動，移向郭璞。

常護花不約而同，目光亦轉了過去。郭璞彷彿完全沒有感覺。

楊迅一聲冷笑道：「你看到的了。」

郭璞頷首。

楊迅冷笑著又道：「這件事你又如何解釋？」

郭璞道：「我無法解釋。」

楊迅道：「你認罪？」

郭璞搖頭道：「我沒有犯罪，這是一個預佈的陰謀，他們陰謀陷害我！」

楊迅道：「他們？誰？」

郭璞慘笑答道：「我希望自己能夠知道。」

楊迅道：「你已經知道，他們其實只是一個人——你自己！」

郭璞慘笑不語。

楊迅道：「你還有什麼話可說？」

郭璞無話可說。

楊迅接著一聲呼喝：「人來！」沒有人來。他話說出口，才想起身旁只有杜笑天一個手下。

杜笑天應聲上前，道：「什麼事？」

楊迅揮揮手，道：「將他抓起來，先收押牢中。」

杜笑天一笑。

他一直就抓住郭璞的肩膀，現在卻並不是在衙門之內。

楊迅這下子亦想起自己仍然在廣豐號，歎了一口氣，道：「這個案件真是把我弄的糊塗了。」

常護花淡應道：「這件案子也實在令人頭痛。」他的目光仍留在郭璞的面上。

郭璞也正望著他，眼神異常複雜。

常護花試探著問道：「你是否有話要對我說？」

郭璞道：「只有一句話。」

常護花道：「說。」

郭璞道：「我並沒有殺害崔北海。」

常護花凝望著他。

郭璞沒有迴避常護花的眼光，從他的表情看來，並不像說謊。

常護花輕歎一聲，緩緩道：「到這個地步，我實在難以相信你的話。」

郭璞沒有作聲。

常護花接道：「不單止是我，任何人只怕也一樣，一件事，兩件事都可以說巧合，事事巧合這就說不過去了。」

郭璞仍然沒有作聲。

常護花又道：「即使真的是冤枉，在目前，也只好暫時委屈，查清楚的確與你無關，官府方面一定會將你釋放。」

郭璞歎了一口氣。

常護花還有話說：「是這樣抑怎樣，事情始終有一個明白！」

郭璞終於開口，道：「我知道你是一個正義的劍客！」

常護花無言。

郭璞徐徐接道：「我並無他求，只望你主持公道。」

常護花頷首。

一行人離開廣豐號，回到衙門之際，黃昏已逝去，夜色已降臨。

更更漏月明中，夜已深。

平日這個時候太守高天祿已經休息，今夜卻例外，三更已將盡，人仍在偏廳。

除了他，還有常護花、杜笑天、楊迅，他們仍然在談論吸血蛾這件事。

這件事也實在太詭異、恐怖、吸引。

高天祿睡意全消，常護花三人更是全無睡意，世間是不是真的有妖魔鬼怪？

易竹君、郭璞是不是真的是兩個蛾精？

殺害崔北海的正兇是不是真的是他們兩人？他們的談論中心也就是這三點。

忽一陣夜風吹透窗紗，四人不約而同的打了一個冷顫。

高天祿輕捋鬍子，倏地道：「對於這件事，我們應該有一個結論了。」

楊迅道：「卑職早就已經有。」

高天祿道：「楊捕頭怎樣看法？」

楊迅道：「卑職認爲正兇就是易竹君、郭璞兩人！」

高天祿道：「楊捕頭是否相信妖魔鬼怪的存在？」

楊迅想想，點頭。

高天祿轉顧杜笑天，道：「杜捕頭意下又如何？」

杜笑天道：「卑職正好相反。」

高天祿道：「不相信？」

杜笑天道：「完全不相信。」

高天祿道：「原因？」

杜笑天道：「世間雖然不少關於妖魔鬼怪的傳說，但是又有誰真正見過妖魔鬼怪？」

楊迅截口道：「崔北海！」

杜笑天道：「我們之所以認爲崔北海曾經遇上妖魔鬼怪，完全是因爲看過他那份記錄，相信那份記錄所記載全是事實，被那份記錄影響所致。」

楊迅道：「然則你懷疑那份記錄是假的了？」

杜笑天搖頭道：「除非崔北海故弄玄虛，否則那份記錄應該是沒有問題。」

楊迅道：「故弄玄虛？拿自己的生命？」

杜笑天道：「所以我相信那份記錄沒有問題。」

楊迅道：「這個與相信妖魔鬼怪的存在有何分別？」

杜笑天道：「大有分別。」

楊迅道：「分別在什麼地方？」

杜笑天道：「那份記錄所載的事實，崔北海所見的未必是事實。」

楊迅道：「你最好說清楚一點兒。」

杜笑天道：「我意思是說，崔北海在寫那份記錄之時，未必每一次都在正常情況之下。」

楊迅道：「我仍然不明白。」

杜笑天道：「寫那份記錄之時，我以爲有幾次他所看見的東西可能根本就沒有存在。」

楊迅看樣子仍然不明白，卻沒有再問下去，轉過話題道：「依你說妖魔鬼怪不存在，那些事又怎會發生？」

杜笑天道：「我認爲是人爲。」

楊迅道：「什麼人？」

杜笑天道：「或者，就是郭璞、易竹君。」

楊迅道：「我方才不就是說真正的兇手就是他們兩個人？」

杜笑天道：「我卻沒有肯定是他們，也並不認爲他們是兩個蛾精。」

楊迅道：「依你說，他們兩人如果是兇手，怎樣殺死崔北海。」

高天祿亦道：「是了，你就將自己的見解詳細說出來，給大家參考一下。」

杜笑天道：「是。」他一聲輕咳，接下去：「卑職認爲這件事本來沒有什麼奇怪，之所以變成如此詭異，如此曲折，完全是由於崔北海的心理作用。」

高天祿愕然道：「心理作用？」

常護花亦露出了詫異之色，楊迅就更不用說。

杜笑天解釋道：「無論什麼對於人畜，以至任何東西，都必然有所嫌惡或喜愛，譬如說我本人，看見某人，立即就會產生出一種厭惡的感覺。」

高天祿笑問道：「你是說城北天發大押的老闆張富。」

杜笑天道：「正是。」

高天祿道：「張富一副福相，笑起來又和氣，又慈祥，本來並不討厭。」

杜笑天道：「可是一看見他的臉，我便恨不得狠狠的打他一頓。」

高天祿道：「這是因爲你已經知道他笑裏藏刀，私底下是一個吃人不吐骨頭的惡霸，卻又找不到他犯罪的把柄，將他繩之於法。」

杜笑天道：「這個人的確狡猾。」

高天祿道：「所以，你越看他就越討厭。」

杜笑天道：「這也就是心理作用。」

高天祿、常護花不約而同一齊點頭。

杜笑天道：「心理作用並不就只是厭惡這一種。」

他面上忽露驚悸之色，道：「又說我，一看見壁虎，不由自主就恐懼起來，甚至看見類似壁虎的顏色，接觸類似壁虎的東西，那種恐懼的感覺亦會湧上心頭，只是還不至於作嘔。」

楊迅忍不住問道：「這件事與崔北海的死亡有何關係？」

杜笑天道：「崔北海相信也有一種使他非常恐懼的東西。」

楊迅道：「是什麼東西？」

杜笑天道：「蛾！」

楊迅一怔道：「吸血蛾？」

杜笑天道：「未必是吸血蛾，對於任何一種蛾，他也許都會心生恐懼。」

楊迅道：「哦？」

杜笑天望一眼常護花，才回頭對楊迅，忽然道：「那種吸血蛾的形狀與顏色是否比較一般的飛蛾惹人注目，令人感到妖異？」

常護花不由點頭，楊迅亦道：「何止妖異，簡直恐怖。」

杜笑天點頭道：「的確恐怖。」

楊迅不耐煩的問道：「這又怎樣？」

杜笑天沒有回答，接著又問道：「我們之中大概沒有人害怕一般飛蛾。」

沒有人回答害怕。

杜笑天接道：「連我們這種對一般飛蛾完全不感覺害怕的人，看見那些吸血蛾尚且生出恐怖的感覺，一個連一般飛蛾都害怕的人，你以爲他看見那些吸血蛾又會有什麼反應？」

楊迅道：「當然更感覺恐怖，恐懼到極點。」

杜笑天道：「任何一種情緒一達到極限，都足以導致神經失常。」

楊迅道：「崔北海依我看並沒有變成瘋子。」

杜笑天道：「他無疑沒有，因爲他武功高強，神經比常人堅韌，可是在看見那些吸血蛾的時候，強烈的恐懼所產生的刺激卻未必是他的神經所能夠抵受。」

楊迅道：「不能夠抵受又如何？」

杜笑天語聲一沉，道：「那片刻之間，他的神經不難就發生短暫的失常。」

他語聲更沉，道：「一個人在神經失常的狀態之下，往往都會看見很多奇怪的事物。」

楊迅道：「到底是什麼事物？」

杜笑天道：「現實不存在的事物，只有他自己可以看見的事物。」

楊迅道：「怎會有這種事情發生？」

杜笑天道：「那些事物其實完全是出於他自己的幻想，他所謂看見，其實亦只是一種幻想。」

他笑笑又道：「這種情形就正如我們在夜間做夢一樣，在夢中，我們不是也往往看見很多現實不存在的東西，遭遇很多沒有理由發生的事情？」

高天祿點頭笑道：「我昨夜就曾經做過一個夢，自己背插雙翼，一飛沖天。」

杜笑天道：「崔北海那一段日子的遭遇，也許如此，他將之記下來的時候是在他神經完全回復正常的時候，卻不知自己記下來的所謂事實完全是神經失常那片刻的幻想。」

他徐徐接道：「在神經失常的時候看見可怕的事物，在回復正常的時候卻又完全消失，一而再，再而三，不以爲自己遇上了妖魔鬼怪才奇怪。」

這個解釋不能說沒有可能成爲事實。

杜笑天的口才也很好，由他口中說出來，更增加了幾分真實感。

常護花、高天祿不由地微微頷首，只有楊迅例外，冷瞅著杜笑天。

杜笑天繼續道：「所以方才我說那份記錄所載的是事實，崔北海的確在寫他所見的事物，只是所見的並非事實。」

高天祿道：「何以他會生出那麼恐怖的幻覺？」

杜笑天道：「這大概是由於他聽得太多關於吸血蛾的恐怖傳說。」

楊迅即時道：「聽你說倒有道理。」

杜笑天聽得出楊迅的話中還有話，沒有多說。

楊迅冷冷的接道：「什麼心理作用，什麼神經失常，挺新鮮，你哪來這許多如此新鮮的名堂？」

高天祿不由亦說道：「我也是首次聽說。」他用懷疑的目光望著杜笑天。

常護花卻是無動於衷，彷彿在他來說已經不是一件奇怪的事情。

杜笑天不慌不忙的道：「大人相信還記得卑職曾經因爲一件大案，奉命上北京城去調查。」

高天祿點頭，說道：「我記得是有這件事。」

杜笑天道：「北上的途中，卑職認識了一個西洋傳教士，那個傳教士本來是一個醫生。」

高天祿道：「是那個西洋傳教士告訴你那些？」

杜笑天道：「正是。」

楊迅悶哼道：「洋鬼子的東西只是對洋鬼子才中用。」

常護花一旁插口道：「這個未必。」

楊迅又悶哼一聲。

常護花不理他，轉對杜笑天道：「即使是那樣，也是在遇上吸血蛾他才會神經失常，那些吸血蛾，卻是毫無疑問存在。」

杜笑天笑道：「你我的眼睛相信還沒有問題。」

他們都同時看見，一而再地看見那群吸血蛾。

常護花道：「在神經正常的時候，崔北海的眼睛當然也沒有問題。」

杜笑天道：「如果是事實，崔北海應該在看見那些吸血蛾之後才神經失常。」

常護花道：「他既害怕飛蛾，當然不會將那些吸血蛾養在家中。」

杜笑天道：「那些吸血蛾應該是一心要殺害他的那個人養的。」

常護花道：「換句話，那些吸血蛾的主人就是殺害崔北海的真正兇手了。」

杜笑天道：「應該就是。」

常護花道：「兇手大概不會又是一個心理變態，神經錯亂的人。」

杜笑天道：「怎會這麼巧？」

常護花道：「既不是，兇手殺害崔北海應該有他的動機，有他的目的。」

杜笑天道：「這是說蓄意殺人。」

常護花道：「我絕不認爲崔北海的死亡是出於誤殺。」

杜笑天道：「我也不認爲。」

常護花道：「一切顯然都是有計畫的行動。」

杜笑天道：「根據我的經驗，殺人的動機一般不外乎幾種。」

常護花道：「是那幾種？」

杜笑天道：「報仇其一……」

常護花道：「以我所知他的仇家如果不是已經盡死在他劍下，根本就不知道仇人是他。」

他一聲嘆息，又說道：「昔年他行走江湖，劍下從來都不留活口。」

杜笑天道：「史雙河卻例外？」

常護花道：「也許他並不以爲這是一回事，無需以武力來解決，殺史雙河以絕後患。」

杜笑天道：「也許他根本就不將史雙河放在眼內。」

常護花再補充一句，道：「也許他近來性情已大變，不再是往日一樣。」

杜笑天接道：「利害衝突其二……」

常護花道：「這要你們才清楚了。」

杜笑天道：「在這裏他似乎與人並無任何的利害衝突……」

常護花道：「其三又是什麼？」

杜笑天道：「財色惹禍。」

常護花道：「崔北海是一個男人。」

杜笑天失笑道：「即使他裝扮成女人也不是一個漂亮的女人，所以見色起心，因姦不遂殺人絕對沒有可能，不過他那份龐大的財產，卻足以招致殺身之禍。」

常護花道：「在未進那個地下室之前，你知否他擁有那麼龐大的財產？」

杜笑天搖頭。

常護花道：「你是他的好朋友，可是你完全不知道，崔義是他的親信卻也一樣不知道，有誰會知道？」

杜笑天道：「有一個人我認爲很可能知道。」

常護花道：「易竹君？」

杜笑天道：「一個男人在他心愛的女人面前往往都無所保留。」

常護花沒有否決杜笑天這句話。

因爲他已經不止一次看見那些男人爲了要得到他所喜愛的女人的歡心，吸引他所喜愛的女人的注意，往往就像雄孔雀在雌孔雀的前面抖開牠美麗的翎毛一樣，盡量炫耀自己的所有。

廿一 瀟湘異聞

崔北海是不是這種男人?他不敢肯定。

在他們還是朋友的時候,崔北海從來沒有家室觀念,一直是逢場作戲。好像這種人,竟也會成家立室,娶了易竹君,是否喜愛易竹君,根本已不必置議。至於崔北海用哪種方法來博取易竹君的歡心,相信也就只有崔北海與易竹君兩人才清楚了。

杜笑天接道:「我們不妨就假定易竹君已知道崔北海的財產秘密,崔北海那份記錄說及易竹君與他之間的關係的那份又是事實……」

常護花一聲嘆息。事情一如杜笑天所說就簡單得多了。

杜笑天又道:「崔北海愛易竹君,易竹君愛的卻是郭璞,她若是覬覦崔北海的財產,卻又不願意侍候崔北海一輩子,最好的辦法你以爲是怎樣?」

常護花沒有作聲,楊迅脫口道:「勾引姦夫,謀財害命!」

高天祿亦道:「對,崔北海一死,所有的財產便屬於易竹君了。」

杜笑天道:「類似這種案件已實在太多,是以我並不以爲沒有這種可能。」

常護花仍然保持緘默。

杜笑天繼續說道：「我們如果是這樣假設，前此發現的好幾個，原可以指證易竹君、郭璞兩人的罪行的理由，就顯得更充份。」他一清嗓子又道：「我們不妨想一下，除了崔北海，能夠隨意在聚寶齋內走動，驅使吸血蛾到處出現的人有誰？」

楊迅搶著道：「易竹君！」

杜笑天又道：「能夠將吸血蛾收藏在寢室衣櫃之內，收藏在易竹君胸膛的人有誰？」

楊迅道：「只有易竹君本人！」

常護花沉默到現在才開聲說道：「易竹君知道崔北海的財產秘密也許是三年之前的事情。」

杜笑天道：「也許，但她一知道並不是立即能夠下手。」

常護花道：「一等三年？」

杜笑天道：「三年還不算一段很長的日子。」

常護花望著杜笑天，說道：「聽你說話的語氣，我知道你一定還有很好的理由解釋。」

杜笑天道：「即使一開始就有了殺害崔北海的念頭，在未確定幾件事之前，她一定不會下手。」

常護花道：「你說。」

杜笑天不賣關子，接連說出來：「首先她必須完全弄清楚崔北海的底細，確定他是否真的並無其他妻妾，並無兒孫，死後財產一定可以完全落在她的手上。」

意。」

常護花道：「其次？」

杜笑天道：「她必須有一個妥善的辦法。」

常護花道：「還有？」

杜笑天道：「就是那兩點，已經費上她相當時間，何況殺死崔北海，未必是她的主意。」

他忽亦嘆息一聲，道：「老實說，我也不大相信她那麼心狠手辣。」

常護花道：「你懷疑這一切都是出於郭璞的唆使？」

杜笑天道：「我是有這種懷疑。」

他卻又接著嘆息一聲，道：「可惜的是連這個小子都不像那種人。」

常護花一笑。

高天祿及時道：「如果他們兩人當真是殺人的正兇，他們殺害崔北海的過程，以你的推測，是怎樣？」

杜笑天道：「以我的推測，易竹君也許嫁後一直與郭璞暗通消息，在她弄清楚崔北海對飛蛾的恐懼之後，兩人便擬定計畫逐步進行，準備時機成熟然後殺害崔北海！」

高天祿道：「計畫大概如何？」

杜笑天道：「第一步，郭璞自然必須先去搜集吸血蛾。」

高天祿道：「爲什麼一定要搜集吸血蛾？」

杜笑天沉吟道：「這也許易竹君在崔北海平日的言談發現在蛾類中，崔北海最恐懼的就是吸血蛾，又或者郭璞也曾到過瀟湘，見過吸血蛾，認爲吸血蛾才可以令崔北海神經錯亂。」

高天祿道：「第二步計畫又怎樣？」

杜笑天道：「自然是練習操縱那些吸血蛾。」

高天祿道：「那些吸血蛾真的也可以操縱？」

杜笑天道：「相信也可以，就正如操縱蜜蜂，肯苦心研究，清楚他們的習性，經過相當時日的訓練，始終會成功。」

高天祿道：「下一步……」

杜笑天道：「在一切準備妥當之後，他們便開始進行殺害崔北海的行動，首先他們利用崔北海對吸血蛾的恐懼，安排吸血蛾在崔北海面前出現，所有的行動都盡量做到與崔北海在瀟湘所聽到的傳說一樣，迫使崔北海相信自己已被蛾王選擇爲蛾群吸血的對象。」他一頓，才接道：「爲了方便進行這計畫，郭璞在三個月前租下了史雙河的雲來客棧，假稱要提煉某種藥物，將他搜集來的一大群吸血蛾養在客棧內。」

楊迅道：「對於這件事，我們幾乎可以找到整條村的證人，根本不容他狡辯。」

高天祿道：「廣豐號的湯掌櫃及幾個伙計也是很好的證人。」

楊迅道：「我已經查明白湯掌櫃他們是這兒的一等良民，絕對沒有問題，絕對不會胡言亂語，故意誣陷郭璞。」

高天祿道：「還有那個賣兔子的小販，也可以證明郭璞曾經在他們那裏買了千百隻兔子。」

楊迅道：「我也已調查過他們幾個人，都沒有問題。」

楊迅、常護花、杜笑天押著郭璞回去衙門的途中，他們曾經遇上了好幾個賣兔子的小販。

那幾個小販一看見郭璞便擁上來，說他們已經替郭璞又留下好幾百隻兔子。

楊迅當然不會放過那些小販。

一問之下，就問出郭璞先後自那幾個小販處買下過千隻兔子。

像這樣的客人，那幾個小販印象豈會不深刻。

郭璞在買兔子的時候還吩咐他們保守秘密。

這個就不用郭璞吩咐，他們已都會守秘密的了。

郭璞並不與他們計較價錢，付錢既爽快，買的數目又不少。

像這樣的客人，他們還是第一次遇上。在附近販賣兔子的卻並非只是他們幾個人。

他們當然不希望這樣的好買賣落到別人的手上。所以他們只是暗中替郭璞收購兔子。

買賣已經持續了十多次，可是這十幾天，郭璞卻不見了人。

他們收來的兔子這十幾天下來已經有好幾百隻，看見了郭璞，那還有不擁上去的道理，楊迅當然不會放過他們。

經過調查，他們顯然全都沒有問題。

他們之中亦沒有人知道，郭璞買下那麼多的兔子有什麼用途，有些懷疑郭璞開的是兔子店，專門收購兔子大批轉賣到遠方，有些則懷疑郭璞在經營一間以兔子肉做招徠的酒樓。

這種推測自然是完全錯誤。

那些兔子其實都送去雲來客棧，由史雙河每十隻一次，逐日送入那間養著千百隻吸血蛾的房間。那些兔子郭璞只是用來做吸血蛾的食糧。

楊迅一聲冷笑，接道：「人證物證俱在，姓郭的居然還不肯認罪，也不知在打什麼主意。」

沒有人回答。郭璞在打什麼主意，相信就只有他本人才明白。

高天祿目光一落，旋即又對杜笑天說道：「說下去。」

杜笑天頷首道：「有易竹君做內應，計畫當然進行得非常順利，易竹君非獨安排那些吸血蛾在崔北海面前出現，而且在崔北海每一次見到吸血蛾，問她是否看見之時，她總說沒有看見。」

高天祿道：「這樣做有什麼作用？」

杜笑天道：「這使崔北海相信那些吸血蛾是魔鬼化身，崔北海對於吸血蛾本就已心存恐懼，如此一來更嚇的發瘋。」

他緩緩接道：「他們日漸增強崔北海對吸血蛾的恐怖感。」

易竹君將吸血蛾收藏在寢室的衣櫃中，收藏在自己的衣服內，出其不意的驚嚇崔北海，進而藉口找郭璞到來診治，在用膳之際，讓郭璞以第三者的姿態出現，強調吸血蛾的不存在，令崔北海的自信心完全崩潰，到這個地步，崔北海勢必神經錯亂，在極度恐懼之下不難就自我毀滅。

高天祿道：「這個的確不難。」

杜笑天道：「他們的本意必也是如此，因爲崔北海倘使真的如此死亡，絕對沒有人懷疑到他們的頭上，即使有亦不能夠找到他們犯罪的證據。」

高天祿點頭道：「因爲崔北海如果是自殺，殺人兇手就是他崔北海本人，與任何人都無關。」

杜笑天接道：「只可惜，人算不如天算。」

高天祿道：「哦？」

杜笑天道：「在吸血蛾的第二次出現之時，他們想不到崔北海是來找我，因爲我在場，所以也看見了那兩隻吸血蛾，並且將其中的一隻抓在手中。」

高天祿道：「這有什麼影響？」

杜笑天道：「證明了吸血蛾的確存在，鞏固了崔北海的自信心，是以其後易竹君說沒有看見吸血蛾的存在，崔北海並不相信，懷疑易竹君說謊，他本是一個疑心極重，有點神經質的人，一動念自然雜念紛紛來，在神經失常，整個人陷入幻境之際，就將易竹君與郭璞看成了兩隻蛾精，生出殺死兩人的念頭。」

他口若懸河，接又道：「易竹君、郭璞勢必亦發覺崔北海有這種企圖，乃取消原來計畫，實行親自動手來殺害崔北海。」

高天祿道：「大有可能。」

杜笑天繼續說道：「崔北海武功高強，他們當然亦知道，如果正面與崔北海發生衝突，無疑自取滅亡，因此只有利用吸血蛾來驚嚇崔北海，到了十五的那天，崔北海在經過接連十四天驚心動魄的恐怖生活，精神已陷於分裂的邊緣——清醒的時候相當清醒，神經一失常，便變成另一個人，心目中只有吸血蛾的存在。」

他吁口氣又道：「由於他一心想著十五月圓之夜蛾王必會出現，蛾群必會吸盡他的血液，在當天晚上，一看見飛蛾，精神便完全崩潰。」

楊迅道：「不是說你們當夜並沒有看見吸血蛾飛進書齋？」

杜笑天道：「吸血蛾只是在書齋之內出現。」

楊迅道：「怎會出現在書齋之內？牠們總不能夠穿牆入壁。」

杜笑天搖頭，道：「只有妖魔鬼怪才可以穿牆入壁，我們已經否認那些吸血蛾是妖魔鬼怪的化身。」

楊迅道：「這是說完全是他幻想出來的了。」

杜笑天搖頭道：「也不是。」

楊迅瞪著他。杜笑天緩緩解釋道：「易竹君已然知道崔北海財富的秘密，自然亦知崔北海收藏財富的地方，那個地下室雖則機關重重，對她也許已經完全不發生作用。」

楊迅道：「她也懂得機關控制？」

杜笑天道：「我並不是這個意思。」

楊迅道：「然則是哪個意思？」

杜笑天道：「她是崔北海最心愛的人，你說，如果她立心套取那個地下室的機關控制，經過三年的時間，是否會無收穫？」

楊迅道：「我說就不會了。」

杜笑天道：「她知道怎樣控制那個地下室的機關，就等於郭璞也知。在十五那天之前，我猜想郭璞已經暗中偷進書齋，打開地下室那扇暗門，潛伏在地下室之內，一看準機會，就從裏頭將暗門打開，將吸血蛾放出去。」

楊迅道：「之後呢？」

杜笑天道：「崔北海驟見吸血蛾在書齋內出現，必然以爲大限已到，精神終於完全崩潰，還有什麼恐怖的事情想像不出來，生死關頭，任何人只怕都難免那兩種反應。」

楊迅道：「哪兩種？」

杜笑天道：「一就是拚命，一就是逃命。」

楊迅道：「嗯！」

杜笑天道：「能夠拚命就拚命，不能夠拚命就逃命，崔北海並沒有例外，首先他拔劍出擊拚命，發覺沒有效，當然就逃命。」他一頓接道：「整個書齋最安全的無疑就是那個地下室，因爲裏面有他精心設計的機關，所以除非他不逃命，否則一定會逃進那個地下室去，郭璞已經等候在裏面！」

楊迅道：「這個當然在崔北海的意料之外。」

杜笑天道：「再加上又是在倉惶之下，精神錯亂之中，崔北海又如何能躲開郭璞的襲擊，終於死在郭璞手上。」

楊迅道：「郭璞如何殺得他？」

杜笑天道：「不錯，他武功高強，不過在當時來說，只怕與常人無異。」

楊迅道：「郭璞用什麼殺他？」

杜笑天道：「也許是用毒，也許是用重物先將他擊倒，再將他扼殺，無論真正的死因是什麼，我們現在相信都無法在他的屍體上找得出任何痕跡。」

楊迅打了一個冷顫。他並沒有忘記崔北海的屍體怎樣。頭已經變成骷髏，身子已只剩骨骼，各部份的肌肉亦已經開始腐爛，要從這樣的一具屍體之上找出死因實在困難。

杜笑天同樣打了一個冷顫，跟著道：「到我與傅標、姚坤破門進去的時候，郭璞已經將地下室的暗門關上，所以我們完全都沒有發現。」

他沉聲接道：「這也許就是十五月圓之夜，崔北海在書齋之內神秘失蹤的原因。」

楊迅道：「如此他何不將崔北海的屍體留在地下室裏面？」

杜笑天道：「也許他擔心我們找到那個地下室，找到崔北海的屍體，發現崔北海真正的死因。」

楊迅道：「於是他只有把握機會，乘你們離開的時候將屍體搬出外面。」

杜笑天點頭道：「如果他將屍體搬出聚寶齋，不難就被人察覺，所以他將之搬到易竹君寢室後面那個小室內閣樓上，有易竹君合作，這件事自然是輕而易舉。」

楊迅道：「聚寶齋地方廣闊，何以他不選擇第二個地方？」

杜笑天道：「有什麼地方比書齋那個地下室更秘密，連那個地下室他都放心不下，還有什麼地方放心得下。」

楊迅說道：「我們一樣會找到那個寢室。」

杜笑天道：「在看見那份記錄之前，我們只怕根本就不會懷疑到那寢室。」

楊迅道：「這個倒未必。」

杜笑天反問道：「那之前，我們有沒有懷疑到易竹君是一個殺人兇手，殺夫兇手？」

楊迅不能不搖頭。

杜笑天接道：「我們當然更不會想到崔北海的屍體竟藏在他們夫婦的寢室之內，我們根本就不會進去搜查。」

楊迅只有點頭。

杜笑天道：「我們進去之際，依郭璞估計，崔北海的屍體已經被那一群吸血蛾吞噬。」

楊迅道：「崔北海屍體並沒有……」

杜笑天截口道：「這是他估計錯誤，也成了整件事情的致命傷！」

他的身子往椅背一靠，道：「他發覺估計錯誤之時，我們已經拘捕易竹君。」

楊迅道：「其實他既然已經準備用吸血蛾吞噬崔北海的屍體，何不將屍體留在地下室之內，這一來，非獨可以避免易竹君被牽連，而且即使我們很快就找到地下室的所在，發現崔北海的屍體，對他們也並無影響。」

杜笑天道：「依我推測，這也許是因爲地下室那些珠寶的關係。」

楊迅道：「哦？」

杜笑天道：「那些吸血蛾本身或者排洩物，也許能夠損害地下室那些珠寶。」

楊迅摸著下巴道：「你說的每件事都似乎非常充分，這件事難道就真的如此？」

杜笑天道：「這完全都是推測，事實未必就一樣。」

高天祿即時說道：「杜捕頭，你推測的很好。」

他的目光緩緩向常護花道：「常兄！」無論說話、態度、稱呼，他對常護花都非常客氣。因爲他雖然以前並沒有見過常護花，對於常護花這個名字，卻也不怎樣陌生，多少已知道常護花的爲人。他敬重俠客。

這年頭，江湖上的俠客，尤其是真正的俠客，已實在太少。

常護花應聲欠身道：「高大人……」

高天祿立即打斷了常護花的說話，說道：「年輕的時候，我也曾行走江湖，雖然日子短，勉強亦可以稱得上是半個江湖人。」

常護花道：「不說不知。」

高天祿道：「是以除了在公堂之上，常兄無妨將我視作半個江湖人，不必太拘束。」

常護花笑道：「即使在公堂上，我這種人，也不會怎樣拘束。」

高天祿道：「那麼稱呼就應該改一改了。」

常護花立時改了稱呼，道：「高兄有什麼指教？」

高天祿說道：「相反，我是要請教常兄。」

常護花笑道：「江湖人的說話哪裏有我們這麼客氣。」

高天祿一笑，道：「常兄是否同意杜捕頭的見解？」

常護花不假思索，道：「不同意。」

高天祿道：「哦？」

常護花道：「杜兄的推測不錯，理由都相當充份，卻疏忽了幾點。」

高天祿道：「請說。」

常護花道：「崔北海武功高強，縱然在神經錯亂之下，一般的毒藥也絕對難以將他當場毒倒。」

杜笑天接口道：「郭璞豈會不兼顧到這方面，如果他使用毒藥，一定不是普通的毒藥。」

常護花道：「不是普通的就是極其厲害的毒藥了。」

杜笑天道：「也許厲害到崔北海一中立即就死亡。」

常護花道：「有那麼厲害的毒藥，他隨時隨地都可以毒殺崔北海，又何必如此麻煩。」

杜笑天道：「他未必是用毒藥。」

常護花道：「擊昏然後再扼殺相信更困難，在到衙門的途中，我已經暗中試過郭璞。」

杜笑天道：「有何發現？」

常護花道：「他與普通的人並沒有分別，縱使他曾經習武，也不會強到那兒，對於這方面，其實從史雙河以鐵環將他擊倒這件事已可以知道。」

杜笑天道：「我還疏忽了什麼？」

常護花道：「如果郭璞、易竹君兩人是殺害崔北海的兇手，沒有理由將屍體留在那個閣樓之上，要知道不發覺猶可，一發覺易竹君便脫不了關係……」

杜笑天截口道：「其中原因方才我已經解釋得很清楚。」

常護花道：「你沒有解釋一件事。」

杜笑天道：「什麼事？」

常護花道：「郭璞為什麼將我們引去史雙河那裏？他這樣做豈非就等如自挖墳墓？」

杜笑天沉吟道：「這件事我也曾經想過，依我推測，他本來想必安排妥當，嫁禍史雙河——史雙河與崔北海的結怨並不是一個秘密，是以如果說史雙河殺害崔北海，即使沒有證據，相信也會有不少人相信。」

他又一頓道：「只可惜，人算不如天算，其間不知出了什麼問題，以致他嫁禍史雙河失敗，而且暗露了本身的罪行了。」

常護花道：「即使是這樣，由租屋到買兔子，將兔子送到雲來客棧，他都是自己動手，就不怕別人認識他的本來面目，日後指證他，與一般罪犯完全兩樣，是不是大有疑問？」

杜笑天道：「也許他初次犯罪，還未懂得如何掩飾自己的罪行，而心情緊張之下，兼顧不到那許多，亦不是一件奇怪的事情。」

常護花道：「我看他是一個聰明人，再講顯然都是有計畫的行動，每一個步驟在事前都經過審慎的考慮——方才你不是也就這樣說？」

杜笑天苦笑道：「也許就因為思想過度，他亦已神經錯亂，很多事情都違背常規。」

常護花道：「這其實，才是最好的解釋。」

杜笑天道：「我只是疏忽那三點？」

常護花道：「還有一點，也是最重要的一點。」

杜笑天道：「哪一點？」

常護花道：「郭璞若是曾經伏在地下室裏，爲什麼不毀去崔北海留在桌上的遺書以及那份記錄？」

杜笑天道：「或者他沒有在意。」

常護花道：「那份記錄他不在意不奇怪，因爲寫在書軸之內，那封遺書卻不是，而且還放在明顯的地方。」

杜笑天道：「或者他當時的心情實在太緊張，並沒有發覺。」

他嘆了一口氣，又道：「或者他只是在暗中潛伏，根本就沒有踏入地下室之中。」

常護花道：「或者。」

杜笑天又嘆了一口氣，道：「這樣解釋卻未免太過勉強。」

常護花道：「否則郭璞絕對沒有理由不毀去那封遺書。」他的目光落在桌上。

崔北海的兩封遺書都已在桌上攤開。

遺書雖然有兩封，內容卻完全相同，一如崔北海所說。

崔北海的字，常護花當然熟悉，高天祿也並不陌生，遺書上的印鑑亦沒有問題。

毫無疑問，是崔北海的遺書。

高天祿的目光相繼落在遺書上面，道：「說到這遺書，實在很奇怪。」

常護花道：「奇怪在什麼地方？」

高天祿道：「在這兩封遺書之內都附有一張清單，列明他所有的財產。」

常護花道：「你奇怪他這麼多的財產？」

高天祿搖頭道：「我奇怪的是兩件事情。」

常護花道：「哪兩件？」

高天祿道：「第一件，他那麼多的財產，竟連半分也不留給他妻子易竹君。」

常護花道：「他既然認定易竹君與郭璞是個妖精，合謀殺害他，這樣做並不難理解。」

高天祿道：「半分卻都不留也未免太過，那到底只是推測，未能夠證實。」

常護花道：「第二件又是什麼事？」

高天祿說道：「他選擇的這些遺產承繼人。」

常護花沉默了下去。

高天祿接道：「龍玉波、阮劍平、朱俠——在未看過那份遺囑之前，我完全不知道有這三個人的存在，他亦從來沒有在我面前提過這三個人，由此可見這三個人，與他的關係並不怎樣密切，而他卻將龐大的財產，遺留給這三個人均分？」

常護花道：「我知道你們是很好朋友。」

高天祿道：「我認識他差不多已有四年。」

常護花道：「在這四年之中，高兄可曾聽到他提及我這個人？」

高天祿不假思索道：「沒有。」

他接著又問道：「你們認識又有多少年？」

常護花道：「即使沒有二十年，十八九年也應該有的了。」

他似乎無限感慨，輕嘆了一口氣，才接下說道：「我們認識的時候，還是個孩子。」

高天祿道：「有這麼多年的交情，相信你們一定是很好的朋友。」

常護花道：「本來是的。」

高天祿道：「崔北海失蹤之前，也曾對杜捕頭提及你將會到來，似乎也曾說過他與你是很好的朋友。」

常護花道：「好像這樣的一個朋友，他居然從來都沒有對你們提及，是不是很奇怪？」

高天祿點頭。

常護花道：「其實一些也不奇怪。」

高天祿道：「哦？」

常護花道：「因為在三年之前，我們已經不是朋友。」

高天祿道：「可是……」

常護花轉道：「即使如此，在他有難的時候，除非我不知道，否則我也一定會到來，他也知道我一定會到來。」

高天祿道：「為什麼？」

常護花道：「因為他知道我絕不是一個忘恩負義的人。」

廿二　龍三公子

高天祿道：「他對你有恩？」

常護花道：「救命之恩。」他一頓又道：「就沒有這一種關係，只要我們曾經是朋友，知道他的生命有危險，我也絕不會袖手旁觀，除非錯的一方是他，錯的又實在不值得原諒。」

高天祿道：「我知道你是一個正義的劍客。」

他看著常護花的眼睛，試探著問道：「你們究竟爲什麼反目？」

常護花道：「對於這件事，我認爲沒有再說的必要。」

高天祿道：「與現在這件案，有沒有關係？」

常護花道：「相信沒有關係。」

高天祿道：「這就不必說了——我並不喜歡聽別人的隱私。」

常護花道：「我也不喜歡揭發別人的隱私。」

高天祿道：「彼此。」

他一笑，轉問道：「龍玉波、阮平、朱俠三人是不是也是崔北海的朋友？」

常護花道：「並不是，所以他在你面前從來沒有提及這三個人更不是一件奇怪的事情。」

高天祿又問道：「他們與崔北海有什麼親戚關係？」

常護花道：「崔北海與他們絕對沒有任何親戚關係。」

高天祿詫異的道：「然則崔北海爲什麼將如此龐大的財產留給他們？」

常護花沉默了下去。

高天祿追問道：「你也不知道？」

常護花忽然嘆了一口氣，道：「我知道。」

高天祿道：「是爲什麼？」

常護花道：「他這樣做可以說是爲了贖罪。」

高天祿道：「這是說，他曾經做過對不起那三個人的事情？」

常護花默認。高天祿接著又問道：「到底是什麼事情？」

常護花道：「這件事與他的死亡我看並沒有關係。」

高天祿道：「所以你並不打算說。」

常護花點頭。

高天祿沉吟道：「以那麼龐大的財產來贖罪，那件事必是非常嚴重。」

常護花無言。

高天祿接道：「他們對崔北海勢必恨之入骨。」

常護花仍不作聲。

高天祿忽問道：「難道他們一直都沒有對崔北海採取報復的行動？」

常護花這才應道：「以我所知，一直都沒有。」

高天祿道：「想必因爲崔北海武功高強，他們對崔北海沒有辦法，才由得崔北海，但卻勢必時思報復。」

常護花道：「這是人之常情。」

高天祿道：「崔北海的死亡也許與他們有關係。」

常護花搖頭道：「相信沒有。」

高天祿道：「你憑什麼相信？」

常護花道：「因爲那件事本身就是一個秘密，他們三人也許現在都還未知道真相。」

高天祿道：「也許？你自己其實也不敢肯定。」

常護花道：「我是一個凡人，並不是一個無所不知的天仙。」

高天祿道：「秘密也許現在已經不是秘密。」

常護花道：「就算這樣，吸血蛾這件事與他們相信也絕對沒有關係。」

高天祿道：「絕對？」

常護花道：「他們要殺害崔北海，根本用不著這樣。」

高天祿道：「你是說，他們都是有一身本領，無須用到旁門左道的技倆，也可以殺死崔北海的了。」

常護花點頭道：「以我看阮平與朱俠聯手，崔北海已經難以抵擋。」

高天祿道：「龍玉波又如何？」

常護花道：「一個人就可以擊倒崔北海。」

高天祿道：「這個龍玉波真的有這麼厲害？」

常護花不答，反問道：「你懷疑我說的話？」

高天祿搖頭，道：「我只是驚奇，據我所知崔北海是一個高手。」

常護花道：「龍玉波卻是高手中之高手。」

高天祿道：「怎麼？我卻從來沒有聽說過這個人？」

杜笑天亦道：「我也是。」

常護花道：「龍三公子大概總聽說過的了。」

高天祿面色立時一變。

杜笑天聳然動容，道：「江南龍三公子？」

常護花道：「正是。」

杜笑天問道：「龍玉波與龍三公子是什麼關係？」

常護花道：「龍玉波，就是龍三公子！」

杜笑天怔在當場。

高天祿接口道：「傳說龍三公子富甲江南，武功亦獨步江南。」

常護花道：「這個傳說是事實。」

高天祿道：「據講他曾經赤手空拳，連挫江南十大高手之中的七個……」

常護花道：「九個。」

高天祿道：「那兩個敗在他的手下，大概是近年來的事情。」

常護花道：「金鞭尉遲信，是三年前被他擊倒，毒童子的受挫，則是去年的事情。」

高天祿聽說點頭笑道：「連這兩件事我都不知道，看來我已經三四年沒有過問江湖上的事了。」

常護花道：「這個是自然的趨勢，相反的高兄人若是仍在江湖，即使不過問，也有人說與高兄知道。」

高天祿道：「十去其九，江湖十人高手，還未敗在他手下的就只有一人，如果我記憶沒錯誤，這個人應該就是雙刀無敵馬獨行。」

常護花道：「你的記憶沒有錯誤。」

高天祿道：「相信他遲早總會找到馬獨行的頭上。」

常護花道：「他早就已經找到了。」

高天祿道：「莫非他竟是敗在馬獨行的雙刀之下？」

常護花道：「他找到馬獨行是在擊敗尉遲信之前。」

高天祿道：「難道馬獨行並沒有與他交手？」

常護花道：「馬獨行想與他交手也不成。」

高天祿道：「這到底是怎麼回事？」

常護花道：「他找到馬獨行的時候，馬獨行已經是半個死人。」

高天祿道：「哦？」

常護花道：「馬獨行當時正臥病在床。」

高天祿道：「病得很重？」

常護花道：「很重，據講在龍玉波走後不久，他就病死了。」

高天祿道：「龍玉波這豈非就真的獨步江南武林？」

常護花道：「如果江南武林就真的只得十大高手，應該是的了。」

高天祿道：「崔北海的武功比所謂江南十大高手如何？」

常護花道：「半斤八兩。」

高天祿道：「這若是事實，龍玉波殺害崔北海，的確是輕而易舉。」

常護花道：「所以我才那麼說。」

高天祿道：「不過這兩三年間，崔北海可能朝夕苦練，武功已今非昔比。」

常護花道：「這個大有可能。」

高天祿道：「甚至有可能，他的武功已凌駕龍玉波之上。」

常護花道：「你的意思是崔北海的武功真可能已高到龍玉波一定要用陰謀詭計才可以殺他的地步？」

高天祿頷首。

常護花道：「我不敢說這個沒有可能。」

高天祿道：「就算不是這樣，龍玉波也許知道你是崔北海的好朋友，生怕殺了他讓你知道，不難就死在你的劍下，是以不敢明著來。」

常護花沒有作聲。

高天祿接道：「至於崔北海那些財產，他也許沒有時間帶走，或者他已經看過崔北海的遺書，知道那些財產遲早在自己的手上，才沒有動它。」

常護花道：「那兩封遺書都是用火漆封口。」

高天祿道：「火漆是新封的，兩封遺書卻顯然不是在同一時間寫下來的。」

常護花道：「我看得出。」他的目光不覺落在那兩封遺書之上。

那兩封遺書內容一樣，信封信紙亦是一樣，可是，從筆跡看來，卻仍然可以分辨得出，並非同一時寫下，其間必然相隔一段日子。

高天祿道：「崔北海寫下第一封遺書也許就在三月初，龍玉波也許就在封口之前偷看到那封遺書。」

常護花道：「龍玉波偷看到那封遺書，郭璞、易竹君一樣可以偷看到的了。」

高天祿道：「如果那兩封遺書是還存在，這無疑就是郭璞、易竹君殺害崔北海最好的理由。」

常護花道：「兩封遺書卻沒毀去。」

高天祿道：「這所以龍玉波的嫌疑並不比他們兩人爲輕。」

常護花道：「還有朱俠、阮劍平。」

高天祿道：「不錯。」

常護花道：「這一來，連我都有嫌疑了。」

高天祿一怔。

常護花接道：「遺書上寫的不是很清楚——崔北海死後，所有的財產平均分給龍玉波、朱俠、阮劍平三人，如果三人已死亡，則傳給三人的子孫，倘使三人並沒有子孫，所有的財產完全送給我。」

高天祿道：「崔北海在遺書上是這樣寫，不過龍玉波、朱俠、阮劍平三人現在都沒有事發生。」

常護花道：「你怎麼知道？」

高天祿又是一怔，道：「這只是推測，我並不知道。」

常護花道：「你知道龍玉波、朱俠、阮劍平這三個名字還是今夜的事情。」

高天祿點頭道：「我就只知道這三個名字。」

常護花道：「所以他們三人現在有沒有出事，你根本不能夠肯定。」

高天祿只有點頭。

常護花緩緩接道：「我現在倒希望他們三人完全都平安無事，否則我的嫌疑就重了。」

高天祿沉吟道：「杜捕頭方才的推理我原也同意，但現在，我看非要重新考慮不可了。」

杜笑天應道：「大人是擔心崔北海的死亡，與龍玉波、阮劍平、朱俠三人有關係？」

高天祿道：「不怕一萬只怕萬一。」

杜笑天道：「易竹君、郭璞兩人犯罪的證據豈非已經很充份？」

高天祿道：「就是太充份了，我才擔心。」

杜笑天會意道：「事情也的確未免太巧合。」

高天祿道：「所以我懷疑其中可能有蹊蹺。」

楊迅一旁忍不住插口道：「然則大人的意思，我們現在應該怎樣處理這件案子？」

高天祿道：「先找龍玉波、阮劍平、朱俠這三個遺產繼承人，查清楚他們與崔北海的死亡無干，再行定奪。」

楊迅道：「如此一來，只怕要花上相當時日。」

高天祿嘆口氣道：「這也是沒有辦法的事情。」

他回顧常護花道：「常兄當然認識他們三人。」

常護花道：「碰巧見過一面，卻是旁人指點，才知道什麼人。」

高天祿道：「三人都是？」

常護花道：「都是。」

高天祿道：「然則，你們彼此互不相識的？」

常護花點頭。

高天祿道：「也不要緊，只要常兄知道他們住在什麼地方就成。」

常護花道：「詳細的住址雖然不清楚，不過他們全都是名人，在附近一問，不難有一個明白。」

高天祿道：「一會常兄給我寫下，我著人通知他們到來。」

常護花道：「這個簡單。」

高天祿轉問道：「對於這件案，常兄還有什麼需要補充的？」

常護花道：「沒有了。」

高天祿又再問道：「常兄現在準備如何？」

常護花道：「留下來，一直到整件案水落石出。」

高天祿道：「很好。」

他點點頭又道：「這件案我看絕不簡單，有很多地方，也要借重常兄的武功、機智。」

常護花道：「高兄言重。」

高天祿一笑又道：「我這裏地方多著，常兄就留在這裏如何？」

常護花笑道：「官邸警衛森嚴，不方便出入，我還是住在外面方便。」

高天祿問道：「常兄準備住在什麼地方？」

常護花道：「聚寶齋。」

高天祿道：「哦？」

常護花道：「我準備再一次徹底搜查那個地方。」

高天祿道：「你擔心今日的搜查有遺漏的地方？」

常護花道：「匆忙之中在所不免。」

高天祿道：「那也好，如果發現了什麼線索給我這裏通知一聲。」

常護花道：「當然。」

高天祿道：「我這裏如果需要你的幫忙，也是著人到聚寶齋去找你的了？」

常護花道：「碰巧我有事走開，將話留給崔義就是。」

杜笑天即時插口，道：「一個人未必兼顧得到那許多，我著姚坤侍候你差遣怎樣？」

常護花道：「豈敢。」

高天祿道：「杜捕頭這個主意很好，常兄身邊實在也需要人使喚。」

常護花道：「這個……」

杜笑天道：「常兄不必再推辭了。」

常護花一笑應允。他並不是一個婆婆媽媽的人。

杜笑天道：「姚坤相信也一定很高興追隨常兄出入。」

常護花道：「差遣、侍候、追隨什麼，實在擔當不起……」

杜笑天道：「說是派姚坤協助常兄調查，總該可以了。」

常護花道：「這才是說話。」

他忽然想起什麼，道：「郭璞、易竹君現在怎樣了？」

楊迅搶著回答道：「他們兩人已給關入大牢。」

常護花道：「大牢？」

楊迅補充道：「大牢就是囚禁重犯的地方，守衛森嚴，我還特別在他們兩人的門外，加派兩個守衛。」

高天祿突然問道：「哪兩個守衛？」

楊迅道：「張大嘴、胡三杯。」

高天祿道：「又是他們！」

楊迅道：「他們其實也不錯。」

高天祿道：「你是說喝酒方面？」

楊迅訥訥道：「他們在刀上也下過一番功夫……」

高天祿道：「只可惜他們一喝酒，就連刀都拿不起。」

楊迅道：「我已經嚴令他們，不准喝酒。」

高天祿道：「據我所知這兩個人一向都很健忘。」

楊迅道：「這一次相信他們一定謹記在心的了。」

高天祿道：「最好就是。」

他搖頭接道：「張大嘴一喝非醉不休，胡三杯三杯必倒，他們兩個不是第一次壞事的了。」

楊迅囁嚅著道：「他們……」

高天祿截口道：「我知他們是你的好朋友，可是公還公，私還私，焉可以公私不分？」

楊迅道：「不過大牢不啻銅牆鐵壁，就算他們兩人又喝醉了，也沒有多大的影響。」

高天祿道：「話不是這樣說。」

楊迅道：「大人放心好了，關於大牢之內，郭璞、易竹君兩人就是插雙翼，亦難以飛得出去！」

高天祿道：「變做兩隻飛蛾就可以飛得出去的了。」

這句話出口，連他自己都不由打了一個寒噤。楊迅當場就變了面色。常護花、杜笑天兩人面色也不怎樣的穩定。如此深夜，高天祿的話聽來特別恐怖。一陣難言的死寂。

杜笑天打破這種死寂，說道：「大人，你也認爲他們兩人有可能是兩隻蛾精化身？」

高天祿嘆息道：「是與不是，在目前來說，誰敢肯定？」

沒有人敢肯定。

高天祿嘆息接道：「寧可信其有，不可信其無。事情未得到一個解答之前，我們就將他們兩人當做兩隻蛾精化身，亦無不可。」

杜笑天、楊迅一齊點頭。常護花卻沒有任何表示。

高天祿又道：「所以我現在就有些擔心。」

杜笑天道：「大人擔心什麼？」

高天祿又打了一個噤，道：「擔心他們已變回兩隻飛蛾，飛出了窗外。」

杜笑天變色道：「大人的意思是現在進牢去看看？」

高天祿道：「正是！」

杜笑天道：「我也有這個意思。」

高天祿轉問常護花，道：「常兄意下如何？」

常護花想想道：「去看看也好。」

高天祿道：「不看不放心。」他第一個舉起腳步。

廿三 凶多吉少

常護花不由自主亦起步，走在高天祿身旁。

杜笑天當然沒有例外，他的腳步才跨出，就給楊迅拉住了。

杜笑天詫異的望著楊迅。

楊迅握著杜笑天的右臂，沒有作聲，表情很奇怪。

杜笑天更奇怪，正想問，楊迅已搖頭示意他不要問。

常護花、高天祿腦後並沒有長著眼睛，他們完全不知道身後發生了什麼事情。

兩人一心盡想快到大牢一看究竟，只知杜笑天、楊迅兩人一定會隨後跟來，所以也沒有回頭招呼。

一直等到兩人轉入了堂外走廊，楊迅才一聲冷笑。

杜笑天再也忍不住，脫口問道：「總捕頭……」他的說話隨給楊迅哼一聲截斷。

楊迅旋即道：「這個稱呼我看遲早要改一改的了。」

杜笑天詫聲道：「總捕頭這句話是什麼意思？」

楊迅道：「你不懂？」

杜笑天搖頭道：「不懂。」

楊迅冷聲道：「姚坤一直都是跟著你出入？」

杜笑天道：「一直都是。」

楊迅道：「他是你的手下？」

杜笑天道：「是。」

楊迅又問道：「你的上司又是誰？」

杜笑天道：「當然就是總捕頭。」

楊迅道：「你應否聽我吩咐？」

杜笑天道：「應。」

楊迅道：「你要做什麼，是不是必須先問取我的同意？」

杜笑天道：「是。」

楊迅道：「姚坤呢？」

杜笑天道：「更應該。」

楊迅道：「你方才吩咐他侍候常護花出入，有沒有先問准我？」

杜笑天道：「沒有。」

楊迅道：「也算你坦白。」

杜笑天道：「我……」

楊迅又截道：「你眼中還有我這個總捕頭存在？」

杜笑天這才明白是怎麼一回事，他歎了一口氣，道：「總捕頭這是誤會了。」

楊迅道：「我誤會什麼？」

杜笑天道：「當時我原想先行請示總捕頭，然後再由總捕頭指派。」

楊迅道：「爲什麼不來請示？」

杜笑天道：「因爲我必須把握當時的機會，提出那意見，實是來不及先行請示總捕頭的答允。」

楊迅冷笑道：「你先行給我一個明白，花得上多少時間？」

杜笑天道：「這其實並不是時間的問題，而是我當時根本不能夠將事情給你一個明白。」

楊迅道：「你那麼做，不成是別有用意？」

杜笑天道：「正是。」

他將嗓子壓的低一低，道：「我派姚坤侍候常護花左右，真正的目的並不是在協助常護花調查。」

楊迅道：「是在什麼？」

杜笑天道：「監視常護花的舉動。」

楊迅一怔道：「你在懷疑他？」

杜笑天道：「我總覺得他有什麼事情隱瞞著我們。」

楊迅道：「看來，你的疑心比我還大。」

杜笑天道：「這未嘗不是好事，即使結果證明他完全沒有問題，對我們亦沒有任何損失。」

楊迅點點頭，道：「這個倒不錯。」

他乾咳一聲，瞪著杜笑天，接說道：「以後再遇到這種事情，有可能最好通知我一聲。」

杜笑天心中暗自一聲歎息，說道：「是。」

楊迅道：「這還等什麼，走！」

他一面舉起腳步，一面又說道：「否則大人還以爲我們倆出了什麼事。」

杜笑天無言。

楊迅神色忽一變，道：「若是大人那邊出了事，你我更就不得了。」

杜笑天苦笑道：「你擔心常護花對我們大人不利？」

楊迅道：「這個還用說。」

杜笑天搖頭歎氣道：「常護花真的有這意思的話，你我在一旁，對於他也是一樣。」

楊迅道：「哦？」

杜笑天道：「以他的武功，對付我們簡直就比吃白菜還要容易。」

楊迅道：「你先別滅了自己威風。」

杜笑天道：「事實就是事實。」

楊迅也知道是事實，閉上嘴巴。

杜笑天還有說話，道：「我現在只擔心一件事。」

楊迅道：「什麼事？」

杜笑天道：「張大嘴、胡三杯兩人的安全。」

楊迅道：「嗄？」

杜笑天道：「易竹君、郭璞如果真的是兩個蛾精，不現形猶可，否則張大嘴、胡三杯兩人就兇多吉少的了。」這句話出口，楊迅立時馬一樣奔了出去。

月此際正在中天，淒清的月色，照白了堂外廊外。

也不知是否就因爲映著月色的關係，楊迅的面色亦已蒼白起來，蒼白的一如死人。

冷月照淒清，月光從大牢天窗射入。

牢中有燈，兩盞長明燈分嵌在大牢入口左右的牆壁上。

燈光慘白，從天窗射入來的月光中，簡直就沒有存在一樣。

本來已經陰森的環境，卻似乎因此更陰森。

牆壁是黑色，暗啞的黑色，燈光照上去，也幾乎不見光澤。

牢房前的鐵柵卻閃爍著令人寒心的光芒。左右兩排一共二十間牢房。

犯人卻只有兩個——郭璞、易竹君。他們分別囚在左右的第一座牢房之內。

牢房之內有一張不大不小的木床，有一張不大不小的木桌，當然少不了一張凳子。

床上有一張不新不舊的被子，桌上居然還有一壺茶，兩隻杯。

重犯所犯的罪不用說比普通犯人重得多，在牢中所獲得的待遇卻反比普通犯人好得多。

普通犯人還有釋放的一日，重犯一關入大牢，通常就只有一種結果。

對於一個將被處決的犯人，待遇好一點又有何妨。這種待遇再好事實也不會持續多久。

郭璞、易竹君兩人並沒有在床上。兩人都是坐在桌旁，神態都已變得呆木。他們並沒有相望。

郭璞眼望牢頂，易竹君頭下垂，也不知在想什麼。兩人那樣子已有相當時候。

漫漫長夜，難道他們就那樣子度過？這只是他們關在牢中的第一夜。

燈嵌在大牢入口左右，雖然是兩盞長明燈，燈光其實並不怎樣明亮。

牢房內當然比牢房外更陰森，燈固定，月卻一直在移動。

從天窗射入來的月光終於移入了囚禁易竹君的牢房，移到了易竹君的身上。

易竹君整個身子，徐徐抹上了一層幽輝。人在淒冷蒼白的月色之下，竟彷彿已完全沒有人氣。

在平時，易竹君看來已沒有多少人氣的了，現在簡直就像是地獄出來的幽靈。

幸好她人夠漂亮，所以張大嘴儘管心裏發毛，還是忍不住不時偷看一眼，胡三杯沒有例外。

大牢入口的一旁也有一張桌子，幾張凳子。

桌上只有一壺茶，沒有酒。兩人居然就真的老老實實坐在那裏。

奇怪兩人都沒有睡意，也沒有說話。更鼓聲又傳來。

張大嘴歪著腦袋，忽然道：「二更三點了。」

胡三杯「嗯」的一聲。

張大嘴連隨壓低了嗓子，道：「小胡，你有沒有留意那個姓易的女人？」

胡三杯漫應道：「我……」

一個「我」字才出口，張大嘴便已一聲輕叱：「你說話輕一點成不成。」

「成！」胡三杯盡量將嗓子壓低：「我一直都在留意。」

張大嘴道：「有沒有發覺什麼特別的地方？」

胡三杯道：「沒有，你呢？」

張大嘴搖頭道：「也是沒有。」

胡三杯道：「老楊說她是一個蛾精的化身，你我留意了她這麼久，一點跡象都瞧不出來，也許弄錯了。」

張大嘴道：「這個未必，一樣東西成了精怪，不是你我這點道行可識破的。」

他一頓又道：「她看來雖然沒有什麼特別，可是，月光下，簡直就一身妖氣一樣。」

胡三杯打了一個冷顫，道：「我並不希望那是事實。」

張大嘴道：「哦？」

胡三杯道：「如果她真的是一個蛾精，你我就慘了。」

張大嘴道：「怎麼慘？」

胡三杯道：「她除非不現原形，否則不難就吸乾你我的血液。」

張大嘴一連打了幾個寒噤，由心寒了出來，嘴巴卻仍硬，道：「我們都帶著利刀！」他的手已握在刀柄上。

胡三杯的手卻在桌旁，搖頭道：「據講妖魔鬼怪根本不怕刀劍之類的東西。」

張大嘴的臉立時青了。

他看看門那邊，勉強一笑，道：「幸好我們還可以逃命。」

胡三杯歎了一口氣，道：「你似乎又忘記了一件事。」

張大嘴吃驚問道：「什麼事？」

胡三杯道：「老楊爲防萬一，早已在門外上了鎖。」

張大嘴一張臉立時又青了幾分，道：「幸好門外有守衛。」

胡三杯嘆口氣道：「到守衛開門進來救我們的時候，我們的血液，只怕已經被吸乾淨了。」

張大嘴這才明白了，顫聲道：「你小子在胡說什麼？」

胡三杯道：「我也希望，自己是在胡說。」

張大嘴又打了幾個寒噤。他偷眼再望易竹君。

易竹君仍在月光中，一身的妖氣，彷彿更濃重。

張大嘴握刀的手不覺間顫抖起來，就連聲音也起了顫抖，道：「我看她快要現形了……」

胡三杯給他這句話嚇了一跳，道：「你……你在說什麼？」

張大嘴方要回答，胡三杯卻又想起張大嘴說的是什麼，轉問道：「你從什麼看出來？」

張大嘴道：「我只是感覺這裏越來越寒冷！」

胡三杯道：「這有什麼關係？」

張大嘴道：「故老相傳，妖魔鬼怪出現的時候豈非大都是陰風陣陣？」

胡三杯不由點頭。

張大嘴死瞪易竹君。

易竹君仍是那個樣子，一些異動都沒有。

張大嘴卻還是不敢疏忽，目不轉睛。

大牢中這片刻彷彿又寒了幾分。

廿四 疑神疑鬼

月光終於從易竹君的身上移開。寒氣亦好像因此逐漸消去。

易竹君始終沒有任何變化，整個人彷彿已變成一具沒有生命的木偶。

張大嘴的目光，這才收回，吁了一口氣。

胡三杯旋即開口，道：「這也許只是你的心理作用。」

張大嘴道：「我現在仍然覺得寒寒冷冷。」

胡三杯道：「哦？」

張大嘴的咽喉忽然「骨嘟」的一響，道：「現在如果有壺酒就好了。」

胡三杯失望笑道：「原來，你只是想喝酒。」

張大嘴瞪眼道：「難道你不想？」

胡三杯道：「怎麼不想。」

張大嘴道：「酒能夠驅除寒氣。」

胡三杯補充著道：「酒還能夠增加勇氣。」

張大嘴道：「有一杯下肚，我的膽子最少可以大一倍。」

胡三杯道：「可惜老楊有話在先，不許我們喝酒。」

張大嘴道：「我們喝了，他未必知道。」

胡三杯歎息道：「我喝了他卻一定會知道。」

張大嘴道：「沒有人叫你非喝三杯不可，你可以只喝兩杯半，那就沒有人看得出你曾經喝過酒的了。」

胡三杯道：「這也是一個好辦法。」

張大嘴歎息道：「沒有酒我卻就完全沒有辦法了。」

他又是一聲歎息，道：「老楊找我們到來之時，並沒有檢查我們，我原可以在身上藏幾瓶酒。」

胡三杯道：「你有沒有？」

張大嘴道：「沒有。一來趕時間，二來老楊他有話在先，實在有些擔心他檢查之後，才放我們進來。」

胡三杯道：「其實你應該就帶在身上，搏一下自己的運氣。」

張大嘴道：「你就是懂得說。」

胡三杯道：「不是懂得說。」他忽然笑了起來，笑得很古怪。

張大嘴看著他，忽然站起半身，悄聲道：「你莫非已經將酒帶在身上？」

這句話還未說完，在他面前的桌上已多了兩瓶不大不小的酒。

酒從胡三杯奇闊的官服內拿出來，居然還有第三瓶。這三瓶居然還是好酒。

張大嘴的眼睛立時發了光，嘴巴都開了花，他一手一瓶，拿起了桌上那兩瓶酒，格格笑道：「好小子，有你的。」他實在開心。連易竹君、郭璞都給他的笑語聲驚動。

胡三杯趕緊道：「說話放輕一點，若是老楊在外面走過，給他聽到，你我這三瓶酒就喝不成了。」

張大嘴立時又將嗓子壓下，卻說道：「你放心好了，這個時候老楊相信已經入睡。」

胡三杯道：「還是小聲一點的好，你看，他們兩個都給你驚動了。」

張大嘴偷眼一望，就接觸到一雙冰冷的眼睛。

易竹君的眼睛。她只是望一眼張大嘴，又將頭垂下。

張大嘴卻又打了一個寒噤。他的嗓子壓得更低，道：「別管他們，喝酒喝酒！」

胡三杯的左手早已在瓶塞之上，應聲將瓶塞拉開。一陣芬芳的酒氣立時飄入張大嘴的鼻端。

張大嘴深深的吸了一口氣，精神大振，脫口道：「好酒。」

胡三杯道：「當然是好酒。」

張大嘴道：「這麼好的酒，你在哪裏弄來的？」

胡三杯道：「買來的。」

張大嘴道：「這種酒，依我看並不便宜。」

胡三杯道：「便宜的就不是好酒。」

張大嘴道：「有道理。」他忽又問道：「你什麼時候學得這麼闊氣？」

胡三杯笑道：「今天早上，買酒的時候。」

張大嘴道：「這其實是什麼酒？」

胡三杯道：「對於酒，你不是很有經驗？」

張大嘴靦腆著道：「我只是對廉價酒有經驗。」

胡三杯道：「你這還問什麼？」語聲一落，他就大大的給自己灌了一口。

張大嘴還說話，道：「喝完了你準得告訴我。」

胡三杯道：「你打算再去買？」

張大嘴嚥著口水，道：「只聞這酒氣，我就知道是好酒，喝過如果真的好，省一點我也要再買瓶嚐嚐。」

胡三杯沒有回答，「骨嘟」的又是一口。

張大嘴吃驚的望著他，道：「你這樣喝法，一口看來就是一杯，你已經喝了兩口，不能再喝了。」

胡三杯道：「誰說我不能再喝？」

張大嘴道：「你再喝便得醉倒。」

胡三杯道：「這樣好的酒，喝醉了也是值得。」

張大嘴如何還說得下去。他左看一眼，又右看一眼。在他的左右手中，各有一瓶酒。

他原想放下其中的一瓶，騰出一隻手來拉開瓶塞子，卻又怕那瓶酒放下時給胡三杯拿回。幸好他還有一張大嘴，他用口咬著瓶塞子。

「吱」一聲，瓶塞子被他用口咬開。

一股氣味，立時從瓶中衝出，衝入鼻腔！

張大嘴怎肯錯過，大大的索了一下。這一索，他整張臉的肌肉幾乎都收縮起來。

那股氣並非酒氣，也絕不芬芳。是一股惡臭。一股任何文字語言都無法形容的惡臭。

張大嘴剎那只覺得自己就像是掉進一個好幾年沒有清洗的糞缸裏頭。他終於忍不住嘔吐。

胡三杯望著他，神色非常特別。

張大嘴嘔吐著問道：「這瓶子裏頭載的到底是什麼東西？」

胡三杯道：「酒。」

張大嘴強忍嘔吐，叱道：「胡說。」

胡三杯道：「不是胡說。」

張大嘴道：「你難道沒有嗅到那股惡臭？」

胡三杯道：「我只是嗅到一股芬芳的酒香。」

張大嘴道：「你移開你手中那瓶酒再嗅清楚。」

胡三杯道：「我已經嗅得非常清楚，說到我手中那瓶酒，不是已經移開了？」

張大嘴橫眼望去。胡三杯手中那瓶酒果然已不知何時，移放在桌上。

張大嘴頓足道：「你真的沒有覺察，這瓶酒有古怪？」

胡三杯反問道：「你自己覺察有什麼古怪？」

張大嘴道：「這瓶根本就不是酒。」

胡三杯道：「不是酒是什麼？」

張大嘴道：「不知道，你拿去嗅嗅是什麼東西？」

胡三杯一隻手正空著，他就伸出那隻手從張大嘴手中接過那瓶酒，移到鼻下面一索，他沒有嘔吐，卻問道：「你說這個瓶子載著的不是酒？」

張大嘴道：「酒怎會是那樣！」

胡三杯奇怪的望著他，道：「你的鼻子是不是出了毛病？」

張大嘴一怔，道：「你究竟嗅到什麼味？」

胡三杯道：「芬芳的酒香。」

張大嘴脫口道：「什麼？」

胡三杯道：「這分明是一瓶酒。」

張大嘴道：「與你那瓶完全一樣？」

胡三杯點頭道：「一樣的瓶子，一樣的氣味，錯不了。」

張大嘴扳起臉龐，道：「現在不是開玩笑的時候。」

胡三杯亦正色道：「誰在開玩笑？」

張大嘴道：「你！」他的手差一點沒有指在胡三杯的鼻尖上。

胡三杯沒有反應。

張大嘴瞪著他，說道：「你終於默認了。」

胡三杯的目光落在那瓶酒之上，道：「你一口咬定，這不是一瓶酒，我也沒有你的辦法。」

張大嘴生氣道：「這若是一瓶酒，怎會臭得那麼厲害？」他連隨將還有的那瓶的塞子也拉開。又是一股惡臭從瓶中湧出。這一次張大嘴早已有防備，那一股惡臭總算沒有衝入他的鼻子。

他更加生氣，道：「這一瓶又是，你到底怎樣搞的？」

胡三杯不答，反問道：「你真的這樣覺得？」

張大嘴怒道：「連苦水我都已嘔出來，你以為我在裝模作樣？」

胡三杯一再搖頭，忽然說出了一句非常奇怪的話——「人的感覺原來真的與我們不同。」

張大嘴聽的清楚，忍不住問道：「你這句話是什麼意思？」

胡三杯又不回答，自顧道：「現在我知道你是什麼感覺的了。」

張大嘴聽不懂。

胡三杯接著道：「我不是跟你開玩笑，也沒有欺騙你，在我們來說，這的確是酒。」

張大嘴詫聲地問道：「你們？你們又是……」

胡三杯截斷了他的話繼續道：「我的確嗅到酒氣的芳香，嚐到酒質的美味。」

張大嘴道：「你是說第一瓶？」

胡三杯道：「三瓶其實都一樣。」

張大嘴道：「我卻只嗅到那一瓶酒的香。」

胡三杯道：「因爲那一瓶始終在我的手中，沒有經過你的手。」

張大嘴道：「這有什麼關係。」

胡三杯道：「關係就大了，一經你的手，酒就會變質。」

張大嘴說道：「你那些到底是什麼怪酒？」

胡三杯道：「也不是什麼怪酒，是蛾酒。」

張大嘴愕然道：「你是說什麼酒？」

胡三杯道：「蛾酒。」

張大嘴道：「我從來都沒有聽過有這種名字的酒。」

胡三杯道：「很多人都沒有聽過。」

張大嘴道：「一經我的手就變質，我的手難道有什麼魔力？」

胡三杯搖頭。

張大嘴道：「不然是因爲什麼？」

胡三杯道：「也不因爲什麼，只因爲你那雙是一雙人的手。」

張大嘴一怔道：「你那雙難道就不是人的手？」

胡三杯點頭。

張大嘴又是一怔，道：「這是說，你並不是一個人了？」

胡三杯再次點頭。

張大嘴道：「你的腦袋，是不是有毛病？」

胡三杯道：「絕對沒有。」

張大嘴終於發覺胡三杯並不是在跟他說笑的樣子。他不由一再打量胡三杯。

胡三杯並沒有異樣，可是多看了他兩眼，張大嘴的心中不知怎的就昇起了一股寒意。

他打了一個寒噤，試探著問道：「不是人，難道是妖怪？」

胡三杯一笑。這一笑簡直就不像是人的笑。

廿五　刀下血蛾

張大嘴與胡三杯相識十年，還是第一次看見胡三杯的面上露出這種笑容。這種笑容已不是恐怖詭異這些字眼所能夠形容。一笑之下，胡三杯根本就不再像胡三杯。也根本就不再像一個人！那張笑臉赫然整張都在波動，就像是海中的水母，不停在變易。

張大嘴的臉卻又白了。他瞪著胡三杯，吃驚的道：「你……你到底是什麼東西？」

胡三杯道：「蛾！」他的聲音已變的古怪非常，已不像人的聲音。

張大嘴的聲音也變了，道：「你莫非就是一隻蛾精？」

胡三杯道：「正是！」正是兩字由低沉而尖銳，鐵錐一樣刺入張大嘴的耳膜。

他的臉開始剝落！粉屑一樣簌簌的剝落。

這張臉之後，也許就是一個蛾精的面龐。蛾精的面龐又會是怎樣？

張大嘴的好奇心本來也不輕，他實在很想知道。他卻沒有再留意。

在現在來說，當然是逃命要緊。再不走，蛾精說不定就會吸他的血。

他開始後退。胡三杯亦開始迫前。

張大嘴忽然想起了一件事，嘶聲道：「你真的就是胡三杯？」

胡三杯道：「胡三杯是你的好朋友，是一個人。」

張大嘴急問道：「你不是……」

胡三杯道：「當然不是，否則我早已吸乾你的血……」

張大嘴道：「胡三杯哪裏去了？」

胡三杯道：「去了你現在非去不可的地方。」

張大嘴道：「什麼地方？」

胡三杯道：「地獄——你這個人，以我看只能夠進地獄，他也是！」

張大嘴道：「他……他怎樣死的？」

胡三杯吱吱笑道：「他被我吸乾了混身的血液！」

張大嘴幾乎沒有嚇暈，他面無人色，一面再退。再退兩步，他的背脊已碰上了牆壁。

胡三杯又是吱吱一笑，道：「你還能夠逃到哪裏去？」

他將手中的兩瓶酒往身旁的桌上放下，又一步迫上。

張大嘴退無可退，面色亦變無可變，眼看胡三杯迫近，整個身子立時大公雞一樣弓了起來。他忽然想起了牢外還有守衛逡巡，——此時不呼救還待何時？

他開口呼救，可是一開口，他就覺自己的嗓子不知何時已變得嘶啞，嘶啞的根本再發不出聲響。他這才真的慌了。這片刻胡三杯又已迫近了兩步，那張臉剝落的更多。

那張臉，現在你說有多恐怖就有多恐怖。

張大嘴心膽俱裂——我跟你拚了！心中狂吼，還握在手中那瓶酒迎頭擲了過去。

胡三杯沒有給擲中，也沒有閃避，他只是一抬手，那瓶酒就落在他手中，瓶中滿載的蛾酒竟連一滴也沒有濺出來。

這簡直就是玩弄魔術一樣，他豈非正是一個魔人？

張大嘴跟著拔刀出鞘，刀光閃亮奪目，好鋒利一刀！

胡三杯視若無睹，一步步迫前！

張大嘴裝腔作勢，這當然嚇不倒胡三杯。更近了！張大嘴大叫一聲，一刀劈過去！

他咽喉發不出聲音，氣勢已經弱了幾分，不過這一刀，卻是他生平最盡力的一刀！

他現在正在拚命，非拚命不可！

胡三杯竟用接在手中的那瓶酒去擋這一刀！「刷」一聲，那瓶酒在刀光中斜刺裏變成了兩片！瓶中酒刀光中飛過！血紅色的酒，透著強烈的腥臭氣味，彷彿灑下了漫天血雨。

這到底是蛾血還是蛾酒！酒射在張大嘴的面上，惡臭攻心，這一次反而沒有嘔吐。

他根本已忘記了嘔吐！剎那之間，胡三杯竟凌空飛了起來。

張大嘴看的已不怎樣清楚，蛾酒射上了他的面龐，射入了他的眼睛。

他的眼睛一陣刺痛，仍然睜得開！他勉強將眼睜開。

生死關頭，不睜開也不成，他眼前一片血紅。

他忽然發覺，胡三杯就在這一片血紅之中，雯雯的凌空向自己撲來！他大叫，手中刀亂砍！

刀光血光亂閃，血雨狂飛！紅，一片血紅！

三更，常護花、高天祿、杜笑天、楊迅四人來到大牢的時候，已經敲響了三更。

大牢門外的篝火燃燒的正猛烈。火舌嗤嗤的作響，靜夜中聽來份外清楚。

門漆黑，是鐵門，上面嵌著幾顆銅釘，火光中閃動著令人心悸的寒芒。

鐵門的上首有一個鐵打的虎頭，在篝火的照耀下也閃著光。一片肅殺的氣氛。

門外卻沒有守衛逡巡，九個守衛，全都集中在門前的石階上。五個站著，四個坐著，站著的手執纓槍，身子卻挺的比槍還要直，坐著的抱膝而坐，頭垂下，似乎已入睡。

常護花他們迎面而來，坐著的四周守衛竟全無反應，站著的五個……也是視若無睹。

莫非他們都睡著了。

楊迅看見就有氣，嘟喃著道：「他們到底在看守大牢還是睡著，實在太不像樣了。」

高天祿忽問道：「平日他們是不是這樣子？」

楊迅連連搖道：「如果是這樣，我早已不用他們看守。」

高天祿道：「這就奇怪了。」

常護花一旁即時接口說道：「只怕已出事！」

高天祿不由頷首，四人幾乎同時加快了腳步。

一走進大門，他們就發覺，站著的那五個守衛全都閉上眼睛，似乎亦入睡。

他們站立的姿勢並不自然，神態雖然自然，卻非常奇怪，有兩個分明在說話，其他的三個卻是在聽別人說話的樣子。

杜笑天一看見這種情形面色就變了，頓足道：「糟！」

他急忙一個箭步，縱上了石階，正待走近其中的一個守衛身旁，楊迅那邊已拍掌大叫：「醒來醒來，全都給我醒來！」他的嗓門向來都夠大，現在這一叫只怕連棺材裏的死人也不難給他叫起來。

那九個守衛並不是死人，他們竟然就似乎真的是入睡，給楊迅大聲一叫，全部醒轉。

其中的三個更就是嚇的跳起來。

一睜眼看見非獨正副捕頭，連太守高天祿都到來，那九個守衛都腳軟了，不等高天祿出聲，一個個便自跪了下去。

高天祿沒有作聲。

楊迅大聲叱喝：「你們睡的好！」

九個守衛面面相覷，似乎連他們都不知道自己曾入睡。

高天祿鑑貌辨色，揮手阻止楊迅再說話，兩步上前道：「你們都不知道自己睡著了！」

九個守衛九個都搖頭。

高天祿接問道：「誰是領隊？」

一個守衛膝行前一步，道：「卑職邱順。」

高天祿道：「你也不知道發生了什麼事情？」

邱順叩頭道：「卑職該死。」

高天祿淡笑道：「你還沒有回答我的問題。」

邱順道：「卑職完全不知道發生了什麼事，卑職甚至不知道怎麼會睡在石階上。」

高天祿道：「你本來在什麼地方？」

邱順道：「卑職本來帶著四個手下在大牢圍牆之外逡巡……」

高天祿接問道：「有沒有遇上可疑的人？」

邱順道：「一個都沒有。」

高天祿道：「哦？」

常護花即時插口問道：「你們本身又有沒有什麼奇怪的事情發生？」

邱順望了常護花一眼。聲音陌生，人同樣陌生，卻是與高天祿、杜笑天、楊迅走在一起，來頭當然也不會小的了。所以他還是回答，道：「說奇怪，有一件事情實在奇怪。」

高天祿催促道：「快說。」

邱順道：「卑職等九人，不知道什麼原因，初更過後就特別覺得疲倦，不住打呵欠，未幾甚至連眼蓋都無法睜開。」

高天祿追究問道：「然後又怎樣？」

邱順道：「守在門前的四人不知，卑職與隨同到處逡巡的四人先後挨著牆壁躺下，卑職是最後的一個，卑職闔上眼之前，他們四人已先我臥倒。」

常護花道：「當時你是否發覺周圍有異？」

邱順道：「我當時根本沒有注意周圍，一心只想著睡覺。」

常護花道：「隨同你到處逡巡的是哪四個？」

邱順還未回答，在他身後的四個守衛已越眾移前。

高天祿目光一掃，問道：「是你們四個？」

那四個守衛一齊應道：「是！」他們仍跪在地上。

高天祿似乎是現在才想起，揮手道：「都起來說話。」

邱順與八個守衛應聲，誠惶誠恐的一齊起了身子。

高天祿目光仍然徘徊在那四個守衛的面上，說道：「你們當時，又有什麼發現？」

那四個守衛一齊搖頭，各自道：「卑職當時的情形與邱頭兒一樣。」

高天祿擺手道：「給我退過一旁。」

那四個守衛應聲退開。

高天祿的目光轉落在還留在原地的其他四個守衛的面上，道：「你們四個守在門外？」

「是！」

「你們又如何？」

怪。

「與他們一樣。」那四個幾乎就是異口同聲。

他們的說話雖然稍有出入，意思卻相同。九個人當時的情況竟一樣，未免太巧合，奇

高天祿一面迷惑之色。常護花沉吟不語，杜笑天雙眉緊鎖。

三人顯然都大感頭痛，一時間不知道應該怎樣解釋這件事。

只有楊迅例外，他面色一變，忽然叫起來道：「這豈非就是被鬼迷的樣子？」

常護花三人沒有作聲，也沒有否認。無論楊迅是怎樣說話，目前他們也只有暫時接受。

邱順與八個手下入耳驚心，全都怔住在當場。

也不知是否因爲楊迅那句話，他們忽然都覺得周圍的環境已變得詭異起來。

篝火嗤嗤的猶在燃燒，火舌飛揚，眾人的投影相應不住在變動。

最少有一半的人忍不住偷眼望身後——沒有鬼。

高天祿沉吟半晌，倏地道：「無論怎樣我們現在都應該進去瞧瞧。」

常護花、杜笑天、楊迅不約而同的一齊點頭。

高天祿連隨一聲呼喝：「來人，將門打開！」

大牢的鎖匙在楊迅的腰間。

總算還沒有忘記應聲走前去，他用三柄鑰匙打開了那扇鐵門。

每一柄鑰匙大小不同，次序也有分先後，一弄錯次序，門非獨無法打開，而且會因此牽

動門附近的一個大鐘的發條，發出一連串奇響的鐘聲，引來整個衙門的守衛官兵。

而且大牢設在衙門的中央，由外面進來，最少要經過三度圍牆，四重守衛。

像這樣的一個地方，應該是萬無一失的了。所以看見鐵門並沒有異樣，楊迅幾乎就完全放心。

但到鐵門一打開，他放下的心不由又緊張起來，他的面色旋即亦變了。

鐵門一打開，一股異樣的惡臭就從牢內衝出，這種惡臭在他已並不陌生。

在發現崔北海的屍體之時，在踏入雲來客棧那間飼養吸血蛾的廂房之際，他嗅到這種惡臭，先後已兩次！印象猶新！

常護花、杜笑天亦變了面色，他們同樣沒有忘記那種惡臭。

常護花縱身一掠丈半，飛鳥般落在鐵門之前，右手一伸，抓住楊迅的肩膀，將他拉往一側。

惡臭之後，也許就是一大群吸血蛾！他擋在楊迅身前，另一隻手已握住劍柄。

那邊杜笑天幾乎同時一聲暴喝：「邱順，帶著你的人小心保護大人！」

語聲一起一落，他人已飛身落在鐵門的另一側。

邱順居然也不慢，應聲馬上一個箭步竄到高天祿身旁，手下八個守衛相繼亦圍了過來。

高天祿卻是雙手一分，將他們分到兩旁，手旋即落在腰間。

在他腰間，掛著一柄裝飾華麗的佩劍！

他手握劍柄，了無懼容，從他握劍的姿勢，已可看出他在劍上也曾下過一番功夫。

他面上雖無懼容，鼻子已皺了起來。無論什麼人，對於那種惡臭都不會感覺好受。

夜風吹飄，惡臭在風中逐漸淡薄。

牢內燈光照黃昏，一片寂靜。惡臭中並沒有吸血蛾飛出，一隻都沒有。

常護花已放開抓著楊迅肩膀的手，楊迅卻仍然沒有採取任何行動，碰一次釘學一次乖。

牢內說不定真的藏著一大群吸血蛾，一有人踏入就蜂湧撲上去。他實在不想再出醜了。

杜笑天卻不在乎出醜與否，他已經採取行動。

常護花比杜笑天更先一步。他的手握在劍柄之上，劍卻始終沒有出鞘！

即使他的手沒有在劍柄之上，他的劍亦可以迅速出擊。

練劍十年，他最少有兩年只是練習拔劍。他拔劍速度之快，已達到了人力的極限。

杜笑天並沒有常護花這種本領。他自己也明白，所以一舉步，刀就嗆啷出鞘。

兩人一步又一步，先後跨過了門檻，終於踏進了牢內。

牢內的惡臭仍然濃郁，沒有蛾，近門的地上卻有一灘蛾血水。

血水在燈光下閃著妖異的血光，並沒有凝結。惡臭正是從血水中散發出來。

一個手握鋒刀身穿官服的人倒在血水之上，面仰起，一面的血污。——張大嘴。

常護花在那蛾血之前收住了腳步，道：「這個人是不是被派在牢內看守的兩個人之一？」

杜笑天仔細的打量了一遍，點頭道：「他就是張大嘴。」

常護花道：「那邊的一個想必就是胡三杯了。」

左邊第一間牢房的鐵柵，倒著另一個人。

那個人也是一身官服，卻敞著胸膛，一大半鈕子沒有扣上。

杜笑天急步走過去。

那個人雖是仰面倒臥，他的面上卻沒有血污，比張大嘴當然容易辨認得多了。

杜笑天連隨點頭，道：「他正是胡三杯。」他蹲下半身，伸出手按著胡三杯的胸膛。胡三杯的心房已停止跳動。他混身不由一震。

常護花看在眼內，道：「怎樣？」

杜笑天道：「死了。」

常護花道：「張大嘴還有氣。」

「當真？」杜笑天應聲一個縱身，躍落在常護花的身旁。

常護花雙手已在張大嘴身上穴道推拿起來。

張大嘴果然還有氣，卻已很微弱。這下子，高天祿、楊迅等人亦已相繼進入。

高天祿目光一掃，驚訝道：「發生了什麼事？」

杜笑天方待回答，突然聽到了一聲歎息。這一聲歎息竟然是來自張大嘴。

杜笑天剛要出口的話不由就嚥回去，瞪著張大嘴。張大嘴的眼蓋即時一陣顫動。

杜笑天脫口呼道：「張大嘴！」

張大嘴面上的肌肉應聲一跳，長長的吁了一口氣，終於睜開眼。他的眼球佈滿了血絲。

杜笑天連忙叫道：「這裏發生了什麼事情？」

張大嘴的眼瞳，露出了驚懼之色，啞聲出了一個字：「蛾！」

杜笑天追問道：「什麼蛾？」

張大嘴眼瞳中的恐懼之色更濃，又說出了一個字：「酒……」

杜笑天一怔，道：「什麼酒？」

張大嘴斷斷續續的道：「蛾酒……血紅的蛾酒……面龐不……不停在剝落的蛾精，吸……吸血……」

杜笑天青著臉道：「吸血蛾？」

張大嘴混身一震，突然大叫一聲道：「吸血蛾！」

語聲也是充滿了恐懼，他突然從地上坐起身，一坐起又倒了下去。

常護花、杜笑天扶都不及，砰的一聲張大嘴後腦碰地倒下，一動也不再動了。

他的眼仍然睜大，瞳孔已失去神彩，周圍的血絲卻更明顯。

常護花急探張大嘴的氣息。他的手一樣突然停頓。

杜笑天忙問道：「怎樣？」

這一次到常護花說出了那兩個字：「死了！」

楊迅不由就插口問道：「傷在什麼地方……」話才說到一半就給高天祿打斷。

高天祿脫口大喝一聲道：「先看犯人怎樣！」

不等他開口，常護花人已從地上飛起來。

他的語聲落下的同時，常護花人已落在胡三杯的屍體旁邊。

杜笑天居然也不慢，相繼竄到常護花身側。

常護花往鐵柵內望去。牢房並沒有人。他不由問道：「人是否關在這個牢房之內？」

杜笑天點頭，道：「易竹君關在這裏頭。」

常護花道：「記清楚了？」

杜笑天答道：「我的記憶，向來都很好。」

常護花道：「現在人呢？」

杜笑天啞口無言。

常護花檢查鐵柵上面的鎖。鎖仍鎖在鐵柵上面，沒有異樣。

杜笑天亦看在眼內道：「我們搜！」

常護花卻連隨一聲：「且慢！」

杜笑天道：「發現了什麼？」

常護花戟指房中的桌子。一柄鋒利的長刀，正釘在那張桌子之上！刀尖下赫然釘著一隻蛾！

鮮血一樣的眼睛，碧玉一樣的吸血蛾！

杜笑天面色由青轉白，死白。他霍地回首，大叫道：「快拿牢房的鑰匙來！」

在他身後的楊迅，他正對楊迅大叫。他簡直已經忘記了楊迅是他的長官。

他叫得這麼大聲，大大的嚇了楊迅一跳。

楊迅一時間也忘記了自己是杜笑天的上司，應聲上前去，拿鑰匙將鎖打開。

杜笑天一手推開鐵柵，三步變兩步，衝入牢房內，衝到那張桌子的面前。

這麼近，他當然絕不會看錯。

方才他也根本就沒有看錯，一隻吸血蛾正是被那鋒利的長劍釘在桌子的上面。

蛾身已幾乎斷作兩截，斷口的附近一灘血水。鮮紅的血水，透著強烈的腥臭。

這莫非就是蛾血？蛾血又怎會是紅色？紅得就像是人血一樣。

杜笑天霍地回顧胡三杯的屍體。屍體的腰部掛著一個刀鞘，刀卻不是在他的手中，也不在附近。

杜笑天回頭仔細再觀察釘在桌面的那柄鋒刀。

常護花即時問道：「這是否胡三杯的佩刀？」

杜笑天道：「我看就是了。」

常護花道：「這柄刀顯然就是脫手擲出，飛插在桌上。」

杜笑天道：「從屍體的姿勢以及刀插的角度來看，顯然是你所說的一樣。」

常護花道：「他的眼力實在不錯。」

楊迅那邊突然道：「就算他的眼力並不怎樣好，也一樣可以擲中。」

常護花道：「哦？」

楊迅解釋道：「因爲他本來的目標並不是這樣小。」

常護花道：「那麼有多大？」

楊迅道：「有人那麼大，他本來就是一個人。」

常護花道：「誰？」

廿六　蛾王行蹤

楊迅道：「易竹君！」

他的面色跟著變了，瞪著那隻吸血蛾，道：「他與張大嘴兩人正在牢中逡巡，忽然發覺易竹君在變，於是就衝到鐵柵面前，易竹君當時勢必準備向他襲擊，他因此一刀飛出，擊殺易竹君！」

常護花道：「那麼易竹君的屍體在什麼地方？」

楊迅指著刀下的那隻吸血蛾，大叫道：「在這裏！牠就是易竹君！」

這句話出口，非獨他變了臉色，就連常護花、杜笑天的面色也鐵青了。

他顫聲接道：「易竹君本來便已經準備變回原形，飛出牢外，給胡三杯發覺一刀擊殺，就是想變回原形也不成了。」

易竹君是被關在這個牢房內，現在鐵柵既沒有損毀，人卻已消失不見，牢房內卻多了一隻吸血蛾，釘在胡三杯的佩刀之下。

人怎能夠消失？

蛾何以會如此出現？這件事難道就真的一如楊迅所說？常護花無法下一個判斷。

杜笑天也一樣，卻問道：「那麼胡三杯又何以會死在牢房前面？」

楊迅道：「我們莫忘了易竹君這個蛾精之外，還有一個郭璞！」話一出口，他的面色又一變。

杜笑天失聲道：「郭璞！」

他們現在才想起郭璞！楊迅第一個轉身衝了出去，杜笑天是第二個。

常護花比他還快，他最後一個衝出牢房，卻是最先一個落在對面牢房前面。

可惜他並沒有鑰匙，所以他只有站在那裏。他當然先探頭內望，那間牢房之內同樣沒有人。

郭璞人哪裏去了？莫非他真的也是一個蛾精，已變回了原形，飛出了牢外？

桌上沒有刀，大牢內只有張大嘴胡三杯兩把刀，張大嘴的佩刀仍握在手中。

桌上也沒吸血蛾，地上好像也沒有。

楊迅只比常護花慢了兩步，他走到鐵柵面前，立即用鑰匙將門鎖打開。

三個人迫不及待的衝了進去！

楊迅雖然粗心一些，到底也是一個有經驗的捕頭。杜笑天更精明。再加上一個常護花，合他們三人之力搜查一個地方不徹底查才怪。

連床他們都倒翻，卻什麼都沒有發現。

郭璞如果已死亡，也應該留下一具屍體。

看來他的修爲比易竹君更高強，非獨撲殺了胡三杯、張大嘴，還可以離開。

他們仍不死心，連同一眾守衛，窮搜整個大牢，始終沒有發現。

一番搜索下來，楊迅已累的不住在喘氣。

他扶著旁邊鐵柵，喘著氣，道：「鐵門一經鎖上，這小子如何能夠離開？」

杜笑天仰望著牆壁上的透氣天窗，道：「如果他真的變成了一隻吸血蛾，並不難從上面的天窗飛出牢外。」

楊迅一言驚醒，仰首上望，大叫道：「不錯，那些天窗！」

常護花的目光卻落在張大嘴臥屍的那灘血之上，忽然道：「我們疏忽了一個地方。」

楊迅霍地回頭，道：「什麼地方？」

常護花道：「屍體之下！」話口未完，杜笑天那邊將胡三杯的屍體翻轉。

胡三杯的屍體之下什麼東西都沒有。

常護花跟著亦翻轉張大嘴的屍體。

張大嘴的屍體之下赫然壓著一隻蛾——吸血蛾！

蛾身已被壓扁，一隻膀子折斷。

常護花似乎想不到自己的話竟變成事實，怔在當場。

杜笑天、楊迅雙雙搶上，楊迅吁了一口氣，道：「原來在這裏！」

杜笑天卻沉吟道：「看來似乎就是牠在撲殺胡三杯之後，亦傷在張大嘴的刀下，牠雖然再將張大嘴重創，在張大嘴倒下，倒向牠之時，也許因爲負傷轉動不靈，又或者一時大意，閃避不及，給張大嘴倒下的身子壓在下面，生生壓死了。」

楊迅道：「我也是這個意思。」

常護花立時問道：「你們莫非認爲易竹君、郭璞真的是兩個蛾精？」

楊迅第一個點頭。

杜笑天沒有表示意見，他雖然那麼說話，心裏仍然在懷疑。

常護花看著他們，又看看地上的兩具屍體，不禁苦笑道：「世間難道真的有妖魔鬼怪的存在？」

楊迅道：「否則，這件事應該怎樣解釋？」

常護花無法解釋。

杜笑天歎了一口氣，道：「現在我也不敢肯定沒有了。」

他一頓又道：「不過有一件事情實在奇怪。」

楊迅道：「是什麼事情？」

杜笑天道：「以崔北海的本領，尙且對付不了那兩個蛾精，他們兩人竟能將那兩個蛾精殺死，未免太難以令人置信。」

楊迅道：「你似乎忘記了這裏是什麼地方？」

杜笑天道：「我沒有忘記，這又有什麼關係？」

楊迅道：「大牢是囚禁重犯的地方，你說煞氣重不重？」

杜笑天點頭道：「重。」

楊迅道：「除了煞氣之外，大牢內還有正氣。」

杜笑天道：「哦？」

楊迅道：「大牢所囚禁的是有罪的人，也就是代表法律，代表正義的地方。」

杜笑天不能不點頭。

楊迅道：「邪魔外道自然避忌這種地方，被關入這種地方之內，自然就無所施其技的了。」

他摸摸下巴又道：「不錯，道高一尺，魔高一丈，這兩隻吸血蛾的修爲到底還未夠，是以雖然一到了夜間，又可以變回人形，本領已折扣，張大嘴、胡三杯能夠與他們拚一個同歸於盡，並不是一件值得奇怪的事情。」

他說得倒有道理。杜笑天連連點頭，常護花卻在苦笑。

楊迅繼續道：「至於郭璞、易竹君兩人的本來面目，我以爲是不必再懷疑的。」

他的目光旋即落在張大嘴的屍體之上，道：「張大嘴的身上絲毫酒氣也沒有，眼瞳中同樣也沒有絲毫醒酒的跡象，這是說，他的神智一直都保持清醒，這你說，他的說話是否值得相信？」

杜笑天只有點頭。

——血紅的蛾酒！

——面龐不停在剝落的蛾精！

——吸血蛾！

這是張大嘴臨終的說話，一個人臨終的說話大都真實。

臨終仍然要說謊、開玩笑的人，畢竟是絕無僅有，張大嘴並不是這種人。

如果他沒有喝酒，神智一直都保持清醒，他的說話當然是值得相信。

他說的話如果是事實，郭璞、易竹君兩人當然也就是兩個蛾精的了。

世間難道真的有妖魔鬼怪？

常護花目光一閃，亦向張大嘴屍體之下落下，沉吟道：「說到他的說話，倒令我想起了一件事。」

楊迅道：「什麼事？」

常護花道：「方才他不是曾經提及蛾酒？」

楊迅補充道：「血紅的蛾酒。」

常護花道：「這當然是一種酒。」

楊迅道：「當然。」

常護花道：「他臨終仍然記著這種酒，說出這種酒，這種酒給他的印象無疑非常深刻，與他的死亡也許亦大有關係。」

楊迅道：「也許是那兩個蛾精知道胡三杯都喜歡喝酒，所以將酒變出來——這當然就是一種好酒，令他們無法抗拒，而兩個蛾精就在他們拿酒來喝之際，突然發難，他們既然是因此招至死亡，對於這種酒，如何不印象深刻？」

常護花對於這番話沒有表示意見。

高天祿一旁聽著，一直都沒有開口，現在突然道：「然則楊捕頭肯定易竹君、郭璞是蛾精的了？」

楊迅不假思索道：「是。」

高天祿轉首問道：「杜捕頭呢？」

杜笑天沉吟道：「我雖然從來都不相信有所謂妖魔鬼怪的存在，但事實放在目前，卻又不能不相信，不過我……」

高天祿截口道：「不過你對於這件事仍然有懷疑？」

杜笑天頷首。

高天祿道：「你在懷疑什麼？」

杜笑天說道：「也就是妖魔鬼怪的存在。」

高天祿道：「沒有其他了？」

杜笑天道：「那些守衛的突然昏迷也是一個問題。」

高天祿點頭道：「我們都忘記了這一點。」他目注楊迅。

楊迅對於這一點居然也有一番解釋：「這個其實也簡單，郭璞、易竹君的被捕，蛾王是必亦知悉，只是光天化日之下，蛾王雖然道行高深，亦無所施其技，惟有到夜間再作打算，可是到夜間，蛾王來到了牢外，就發覺牢外警衛森嚴，而牢內煞氣正氣濃重，不能用法術闖進牢內，於是只好先將牢外的守衛迷倒，再來想辦法打開牢門——當然，如果那些守衛橫七豎八的倒在門牆之外，除非沒有人經過，否則一定會引起騷動，所以牠就將他們完全集中在門口附近，弄成好像在閒聊，在休息的樣子，那麼，即使值夜的更夫看見，也不會懷疑，牠也就有足夠的時間將門弄開了。」

高天祿道：「牠卻沒有將門弄開。」

楊迅道：「如果牠真的不能使用法術，要將門弄開談何容易，而且我們很快就來了。」

這番解釋也一樣大有道理。

高天祿微微頷首，轉顧常護花，道：「常兄對於這些事，又是怎樣意思？」

常護花道：「我個人從來沒有見過妖魔鬼怪，也從來不信有所謂妖魔鬼怪的存在。」

高天祿道：「從來沒有過的東西未必就一定不會存在……」

常護花笑接道：「從來不信也不是就等於永遠不信。」

高天祿道：「你要親自看見妖魔鬼怪在面前出現，才相信這些事是妖魔鬼怪的作爲？」

常護花道：「高兄難道沒有這個意思？」

高天祿道：「知我者常兄。」

他接著問道：「常兄是準備繼續調查下去，一直到妖魔鬼怪出現或者找到妖魔鬼怪為止？」

常護花道：「正是！」

高天祿點頭道：「很好！」

他霍地轉身，吩咐楊迅道：「立即派人去，給我將衙門所有仵工全都找來。」

楊迅道：「大人要仵工驗屍？」

高天祿道：「非驗不可。」

楊迅道：「只怕仵工也不能找到他們的死因！」

高天祿道：「只怕並不等於一定。」

楊迅道：「是。」

高天祿道：「如果仵工仔細檢查之下，仍然無法找到死因，妖魔鬼怪作祟這個可能性豈非更大？」

楊迅道：「是。」

高天祿再顧常護花，忽然微笑道：「果真是妖魔鬼怪作祟，事情現在就簡單的了。」

常護花明白高天祿的說話，不禁亦一笑，法律不外要殺人者死。

殺人者如果真是易竹君、郭璞，他們兩人如果真是兩個蛾精，現在已經死亡。

事情現在根本就已經解決！事情是不是就這樣簡單？

漫漫長夜終於消逝，晨星寥落，晨風蕭索。

常護花走在清晨的街道上，心頭亦不免有些蕭索之意。雖則已一夜未睡，仍然精神奕奕。

姚坤同樣精神抖擻，一個人睡眠充足，精神不充沛才怪。

昨日將易竹君押回衙門之後，便已沒有他的事。常護花、高天祿等人在研究案情的時候，他卻在夢中。

今天早上他如常回到衙門，杜笑天就交給他一項任務——協助常護花調查。

私底下當然還有說話，是以一離開衙門，他就亦步亦趨跟著常護花。

杜笑天私底下是吩咐他密切注意常護花的行動。所謂協助也就是等於監視。

杜笑天這個人天生就是多疑的性格，在事情未獲得證實之前，對於任何情形，他都是心存懷疑。

常護花在他心目中，一樣也沒有例外。

街道上的行人並不多。常護花索性走在街道中心。

他仍然在思索著那些事情，腳步一時慢，一時快。

姚坤跟得實在不怎樣舒服。

轉過了街角，常護花的腳步又慢了下來，忽然笑顧姚坤道：「杜笑天派你來，相信並非只是協助我調查。」

姚坤一怔。他很想點頭，但終於還是一笑，不作任何的表示。

常護花又笑道：「一個人如果疑心不重，根本不能成爲一個出色的捕頭，所以他在懷疑我，實在是意料中事，我當然也不會因此怪他。」

姚坤惟有笑。

常護花接道：「不過這一次，他卻是懷疑錯了。」

姚坤「哦」一聲，反問常護花：「然則應該懷疑哪一個才對？」

常護花道：「我知道就好了。」

姚坤忽然壓低了嗓子，道：「莫非這真的是妖魔鬼怪作祟？」

常護花道：「在目前來說，誰也不敢肯定是不是。」

姚坤道：「甚至連你也包括在內？」

常護花無奈點頭，道：「昨夜大牢之內發生的事情，相信你都已清楚的了。」

姚坤道：「值夜的兄弟已經對我說得非常清楚。」

常護花道：「除了妖魔鬼怪作祟之外，你能否找到第二個更合理的解釋？」

姚坤搖頭道：「我不能。」他沉吟又道：「最奇怪就是那些仵工再三細心檢查，竟然沒有人能夠找出張大嘴、胡三杯兩個人的死因。」

常護花頷首道：「這件事的確最奇怪不過。」

那些仵工接到命令，昨夜趕回衙門，足足花了兩個多時辰，終於將張大嘴、胡三杯兩人的屍體再三徹底檢查，卻始終並無發現。

常護花他們當時也在一旁，以他們經驗的豐富，心思的細密，也一樣找不到兩人的死因。

他們只有暫時同意兩人的死亡是由於妖魔鬼怪的作祟。

至於那兩隻蛾，他們也只有暫時認定就是易竹君、郭璞的本來面目。

說話間，兩人已經到聚寶齋的門前。

姚坤歎了一口氣，道：「也許是他們的死亡真的是因爲妖魔鬼怪的作祟。」

常護花亦自歎氣，道：「只可惜我從來都沒有見過妖魔鬼怪殺人，否則我說不定就同意你的說話。」

姚坤道：「如果常大爺見過，當然知道妖魔鬼怪的殺人是否這樣。」

一頓他又道：「不過妖魔鬼怪據講有多種，殺人的方法並非完全一樣。」

常護花道：「據講是的。」

姚坤轉問道：「常大爺是否準備重新搜一次聚寶齋？」

常護花道：「我是有這個打算。」

姚坤道：「聚寶齋地方很大，徹底搜一次我看最少要多幾天時間。」

常護花道：「不要緊，反正去找龍玉波、阮劍平、朱俠三人的官差也要好幾天的時間才可以回來。」

他緩緩接道：「到他們找到人回來，只怕又是一種局面。」

姚坤道：「事情還有變化？」

常護花道：「依我看一定有。」

他回憶著道：「事情到現在爲止，已經一變再變的了，再變一次，亦不算一回事。」

姚坤道：「越變卻是越奇怪。」

常護花道：「這件事倘使是人爲，這個若不是一個天才，就是一個瘋子。」

姚坤道：「哦？」

常護花微喟道：「天才與瘋子其實也沒有多大的分別，兩個人所做出的事情往往同樣是嚇死人沒命賠。」

姚坤道：「常大爺何以懷疑這件事可能是人爲？」

常護花道：「因爲我從來就不相信有所謂妖魔鬼怪。」

姚坤道：「我也是。」

常護花道：「這正如二減一等於一，不是妖魔鬼怪作祟當然就是人爲的了。」

姚坤道：「現在常大爺就是在想辦法證明這件事是人爲？」

常護花道：「如果我有辦法證明是妖魔鬼怪作祟，和我也一樣想辦法證明這件事是人爲，這並無分別。」

姚坤道：「可惜你從來都沒有與妖魔鬼怪打過交道。」

常護花微笑道：「這未曾不是一種幸運。」

姚坤道：「嗯。」

常護花一轉話題道：「杜笑天是怎樣吩咐你？」

姚坤道：「盡力協助常大爺調查。」

常護花道：「我知道你一定會盡力而爲。」

姚坤道：「上級既然是這樣吩咐，不盡力怎成？」

常護花道：「如果我的調查一直到晚上……」

姚坤道：「我也只好逗留到晚上。」

常護花道：「看來我得著崔義給你準備一個房間。」

姚坤道：「好在聚寶齋閒空的房間不少。」

三日前他已經隨同杜笑天搜查過聚寶齋一次，聚寶齋的情形他當然清楚。

聚寶齋的地方實在大。搜索了整整四天，常護花、姚坤兩人才搜遍整個聚寶齋。

他們並沒有任何收穫，甚至再找不到崔北海的片言隻字。

也就在第四天的傍晚，他們方等離開聚寶齋，外面走走，傅標便來了。

傅標踏上門前的石階之際，他們正好從內裏出來。

常護花眼利，一收腳步道：「來的不是你的老搭擋？」

姚坤應聲望去，脫口道：「傅兄，什麼事情？」

傅標收住了腳步，道：「奉命來請常大爺到衙門走一趟。」

常護花一想，道：「是不是派去找龍玉波、朱俠、阮劍平的官差都已回來？」

傅標點頭道：「先後都已經回來了，是以大人才著我來請常大俠你，到衙門一敘。」

常護花道：「龍玉波、阮劍平、朱俠三人是否也來了？」

傅標道：「只來了一個龍玉波。」

常護花道：「朱俠、阮劍平兩人怎樣？找不到他們？」

傅標道：「找雖然是找到，可惜他們都已經不能到來。」

常護花道：「他們莫非有病？病得很重？」

傅標道：「的確重，已無藥可救。」

姚坤不耐煩的道：「話說明白一點可以不可以？」

傅標道：「你就是這個脾氣。」

姚坤道：「既然知道，你還不快說清楚？」

傅標一正面容，說道：「他們都已經死了。」

常護花道：「是什麼時候的事情？」

傅標道：「早在兩、三年之前朱俠已臥病在床，三個月不到，就病死了。」

常護花道：「阮劍平也是病死？」

傅標道：「不是。」

常護花道：「那麼他死亡的原因又是什麼？」

傅標道：「他是被仇家擊殺。」

常護花道：「這個人據講一向囂張，正所謂得罪人多，稱讚人少，仇家到處都是。」

傅標道：「根據調查得來的消息，阮劍平的確是這樣的一個人。」

常護花道：「難道不知他的死是哪一個仇家下的手？」

傅標道：「我們也不知。」

常護花道：「查不出來？」

傅標點頭，道：「我們只查出，他是死在回程途中。」

常護花道：「當時的情形如何？」

傅標道：「據講當日傍晚他那匹馬突然從城南衝入，才衝到街口，人便從鞍上倒下，附近的人前去一看，就發覺他後背鮮血淋漓，後頸一道血口有四五寸之深。」
常護花道：「那麼深，我看他的頭差不多要斷的了。」
傅標道：「據說已垂在胸膛之上，只差一點沒有斷。」
常護花道：「這件事，官府有沒有追究？」
傅標道：「有，仵工檢驗的結果，確定是利劍弄出來的傷口。」
常護花道：「殺他的無疑是一個用劍的高手。」
傅標道：「我也是這樣認爲——以當時的情形來推斷，兇手必然是在他飛馬入城之際，從背後一劍將他擊殺，兇手可能騎馬，亦有可能僞裝路人，行走人間突然發難凌空飛身一劍，無論怎樣，那一劍的速度必定閃電一樣，以至他中劍之後，動作仍然繼續，直奔入城。」
常護花道：「傍晚時分，入城的人相信不少。」
傅標道：「城南之外是山野。」
常護花道：「沒有人目擊他被殺？」
傅標道：「沒有。」
常護花道：「有沒有人知道他到城南幹什麼？」
傅標道：「很多人知道。」
常護花道：「哦？」

傅標道：「城南有一間飛來寺，寺中有一個老和尙，與他是朋友，煮得一手好齋菜，除非他遠行，否則每月的初一、十五都一定走一趟飛來寺吃齋，這已經成了他的習慣。」

常護花道：「這個人居然吃齋！」

傅標道：「也許他知道自己罪孽深重，希望因此而得以減輕。」

常護花道：「兇手大概是知道他那個習慣。」

傅標道：「大概是，所以在城南門外伏擊他。」

常護花問道：「那又是什麼時候的事情？」

傅標道：「約莫是七八個月之前。」

常護花沉吟一下，又問道：「朱俠、阮劍平兩人有沒有兒子？」

傅標道：「根據調查所得，兩人都沒有，阮劍平死前甚至還是獨身。」

常護花喃喃自語，道：「這是說，崔北海所有的財產都是龍玉波承受了？」

他隨即又問：「龍玉波現在在衙門之內？」

傅標道：「是。」

常護花道：「方到？」

傅標點頭道：「方到不久。」

常護花道：「見過你們大人沒有？」

傅標道：「沒有，大人的意思，是等常大爺你到了之後才與他會面，我離開衙門的時候，只是總捕頭在跟他說話。」

常護花道：「他大概想從龍玉波的說話之中找尋線索。」

傅標道：「依我看，總捕頭是有這個打算。」

常護花說道：「杜捕頭又是怎樣的意思？」

傅標道：「杜捕頭根本不在衙門。」

常護花問道：「他不知道龍玉波的到來？」

傅標道：「相信不相信，整個下午他也都不見人。」

常護花道：「去了哪裏？」

傅標道：「不清楚，早上見到他的時候，也沒有聽到他提及要去什麼地方。」

常護花道：「哦？」

傅標想想道：「我猜大概是有事一時走開，我們到衙門，也許他亦已回去。」

常護花道：「也許。」

他抬眼望天，沉默了下去，天上正在下著雨。

廿七　圖窮匕現

細雨逐黃昏，雖然是細雨，走上一段路，只怕亦難免一身濕透。

幸好在常護花他們離開聚寶齋之前，雨已經落下，崔義這個管家又豈會不知道應該怎樣做。

他拿來了雨傘，一頂雨傘姚坤便認爲已經足夠，他替常護花拿傘。

經過四日的相處，他對常護花的武功已是佩服到五體投地。

常護花在這四日之內，也實在指點了他不少練功的秘訣。

傅標卻不用崔義操心，他打著雨傘到來。

走在街上，常護花也不知何故，突然生出了一種不祥的感覺。

他知道杜笑天是一個非常盡責的捕頭，在現在這個時候，如果沒有事，應該是不會離開衙門。

是不是有什麼重要的事情發生？

他走著忽然問道：「杜捕頭平日沒有事，多數到什麼地方？」

傅標想也不想道：「即使沒有事，他也是留在衙門的多，否則大都在離開之前囑咐一句，在什麼地方可以找到他。」

常護花又問道：「類似今日這種情形以前有沒有發生過？」

傅標想想搖頭，道：「絕無僅有。」

常護花再問道：「這幾天有沒有其他的案件發生？」

傅標應道：「一件都沒有。」

常護花道：「有沒有其他尚未解決的案件，必須儘快去調查解決？」

傅標應道：「沒有，就是吸血蛾這一件。」

常護花沉吟道：「莫非就是在這件案，他發現了線索？」

傅標道：「問他才知了。」

常護花再次沉默了下去。

杜笑天是否真的有所發現？

這個發現是否有危險？現在他的人又在什麼地方？

除了杜笑天本人，有誰能夠解答常護花心中這些疑問？

杜笑天現在正在雲來客棧的圍牆之外。

雨水已濕透他的衣衫。在未下雨之前他已經來到這附近。

午後他本來習慣在衙門附近轉兩圈，今天也沒有例外。行走間他卻突然想起了一件事。

——郭璞曾經將吸血蛾養在雲來客棧，在他們找來雲來客棧之時，群蛾不知何故一下子完全飛走。

——他們飛去什麼地方？

事後有沒有回去雲來客棧？他想知道，所以他決定走一趟。

如果郭璞真的是群蛾的主人，又或者郭璞真的是一個蛾精，是群蛾的主宰，他一死，群蛾自然就大亂。

除非蛾王才是真正的主宰，還有蛾王來統率群蛾，否則群蛾不難就飛回雲來客棧。

牠們在雲來客棧已經逗留了相當的時候，進進出出也有好幾次，對於雲來客棧這個地方當然熟識得很。

何況此前牠們在雲來客棧食物豐富，對於這個地方的印象應該就比較深刻。

再從近日所發生的事情看來，那些吸血蛾顯然比蜜蜂還勝一籌，牠們如果真的想回雲來客棧，絕對沒有理由不認得路。

杜笑天只希望找到雲來客棧的時候，群蛾亦已在客棧之內。他無意將群蛾完全拘捕。

因爲他自知沒有這種本領，也不懂得如何才能控制群蛾，要牠們服從自己的命令。

他卻希望能夠抓住其中的一隻。

三月初二的那天，在城外湖邊一株樹之上，他已經抓住了一隻，卻給那隻吸血蛾刺了一下，在他驚慌放手的時候飛走。

這一次如果再抓住，他無論如何都不會放手的了。

只要抓住其中的一隻，就可以設法證明這種吸血蛾是否真的會吃人的肉，吸人的血。

他的目的也就在這裏。在未來到雲來客棧之前，他已經遇上一隻吸血蛾。

只是一隻吸血蛾，在路旁的野花之上飛過，一直向前飛去。

杜笑天本來就想抓住這隻吸血蛾就作罷，可是伸手一連幾次抓去都落空，他只好追著那隻吸血蛾，結果就追到他一心要來的地方——雲來客棧。

這時候雨已經落下，那隻吸血蛾飛得更快，雨水並沒有將牠打下。

牠飛過雲來客棧後院的圍牆，飛入一個窗戶內。

杜笑天認得那個窗戶，那個窗戶也正就是那間用來養蛾的廂房的窗戶，群蛾當日也正就是從那個窗戶飛出。

現在卻只得一隻吸血蛾回去，其他的吸血蛾在什麼地方？

是不是早已經回到那間廂房？如果是，現在牠們又是以什麼維持生命？是不是以史雙河的血肉？

杜笑天站在圍牆之外，目送那隻吸血蛾飛入那個窗戶，在想著這問題。

他想著忽然打了一個冷顫。群蛾在飢餓之下，吸食史雙河的血肉實在大有可能。

史雙河的血肉吸食乾淨之後，牠們不難就打附近村人的主意。

到其時……杜笑天不敢想像。他下意識左右望一眼。

雲來客棧的後面是一片野草，左右都是其他民房的後牆。

沒有人在附近走動，民房的屋頂卻有炊煙昇起。他總算鬆一口氣，目光又回到那個窗戶之上。

那個窗戶與當日一樣大開，窗內異常的陰暗。群蛾會不會真的在那裏頭？

他倏地一笑，這實在簡單，只要他進去一看，就已有一個解答。

雲來客棧後院的圍牆相當高。

杜笑天站在三丈之外才可以看見那個窗戶。

窗下是什麼情形完全都無法看見，整個後院都盡被圍牆隔斷。

雨落在圍牆之內，響起了一片蠶蛾噬桑一樣的聲音。

杜笑天並沒有忘記整個後院都種滿了那種奇怪的花樹，可是那種聲音入耳，仍不免寒心。

那種聲音簡直就像是群蛾在吸噬人獸的血肉。

圍牆之內隱約有煙霧昇起，也不知道是雨煙還是晚霧。整間客棧也就因此份外顯得神秘。

杜笑天本來準備繞到客棧的前面，叫門進去，現在也不知是否因爲這種神秘的影響，打消了這個念頭，他決定翻牆進去。

對於這間雲來客棧他已經大起疑心，他天性本就多疑。

雨漸大，杜笑天深深吸了一口氣，兩三個箭步標前，一鶴沖天，縱身一躍。

這一躍居然給他躍上了牆頭。他雙腳一落，雙手亦落下，抓住了牆頭的瓦脊，穩住了身形。

他的輕功其實並不怎麼好。牆內並沒有任何改變，那一片奇怪的花樹迎著雨水，沙沙作響。

整個院子也就只有這種聲音。鮮黃色的花朵雨中顫抖，那種奇怪的花香仍舊蘊斥整個院子。

花徑上，花叢中並沒有人，走廊那邊也沒有。

沒有雨的日子史雙河也躲在店堂內喝酒，下雨天難道反而就例外？

杜笑天在圍牆上再三張望，才翻身躍下。花樹叢中，花香自然更加濃郁。杜笑天雙手分開花樹，緩步走出了花徑，踏上了走廊。門虛掩，杜笑天推門而入。

客棧內一片黑暗，向後院那邊，雖然有兩扇窗戶半開，只可惜現在已經傍晚時分。

本來已經陰暗的天色，現在更陰暗。

夜色也開始降臨，客棧並無燈火，如何不一片黑暗？杜笑天的腳步更緩慢，他一步步向前走去。客棧內非獨黑暗，而且靜寂，墳墓一樣的靜寂。

杜笑天的記憶力相當好，即使不好也不要緊，由後院到前堂只有一條通道。

通道兩旁都是房間，所有的房間全都毫無聲息。一折再一折，杜笑天終於來到客棧的前堂。

堂中也沒有燃起燈火。微弱的天光從天窗射下，杜笑天藉著天光，勉強仍然可以看清楚。

堂中沒有人，椅桌差不多都是那個位置。

史雙河哪裏去了？

杜笑天目光移動，移到連接樓上的那道梯子，莫非在樓上？杜笑天舉步走向那道梯子。

堂中更靜寂，杜笑天盡量放輕腳步，一踏上梯級，他腳步放得更輕。

梯級仍然發出微弱的依呀之聲，到底已相當日子。

還未到梯級盡頭，他又已嗅到那種腥臭的氣味，卻相當淡薄。

樓上也差不多，那種腥臭的氣味遠不如當日的濃郁。群蛾飛走後莫非並沒有再回來這個地方？

杜笑天繼續走前，腳步起落的更輕。

樓上只有一條走廊，這條走廊即使大白天亦不怎樣光亮，現在更不在話下。

杜笑天用足眼力才勉強看遠多幾尺。

兩旁的廂房一樣聲息全無，他當然就是在那間養蛾的廂房門前收住腳步。

再過些就是走廊的盡頭，幾個鐵籠子仍然放在那裏。

斷折的門環連帶的那把銅鎖亦是仍掛在門上。一切與他們當日離開之時並無兩樣。

杜笑天橫移兩步，耳貼著門板凝神細聽。

他聽到了陣陣霎霎的聲音，在他來說那種聲音已並不陌生。

那種聲音與吸血蛾撲翼之時所發出的聲音完全一樣，就在這個地方他也已聽過一次。

只是那一次聲音相當激烈，這一次卻顯得單調而微弱。這一次到底有多少隻吸血蛾在裏面？

杜笑天並沒有忘記門上的那方活門，他輕輕將活門推開探頭望去。

天色這時候又已暗了幾分，雨勢亦大了幾分。窗戶雖然大開，從窗外進來的天光卻是淡薄非常。

杜笑天只能勉強看見房中的東西。他瞇起眼睛，凝神再望去。

房中的東西與當日似乎並沒有什麼不同，竹架仍然在當日那個位置，卻只得兩三隻吸血蛾在竹架之上飛舞。

其他的吸血蛾哪裏去了？是不是藏在竹架之下？

杜笑天張望了一會，又等了片刻，才將活門放下，轉將房門推開。

他相當小心，房門並沒有發出多大聲響。飛舞在竹架之上的吸血蛾仿如未覺。

他躡足而入，一踏入房內，他又嗅到了惡臭。

那種惡臭與當日顯然不同，當日他們所看見的兔骨並未移去，仍在竹架的前面。

那種惡臭似乎就是從兔骨之中散發出來。

杜笑天的目光落在兔骨之上，卻只是一瞥，又回向飛舞中的吸血蛾

他再次舉起腳步。走向那個竹架。三步，四步！他四步走到竹架之前，竹架之內全無動靜。

飛舞在竹架之上的，就只是三隻吸血蛾。只是三隻，杜笑天絕對相信自己沒有看錯，數錯。

難道整個房間就只有三隻吸血蛾？其他的哪裏去了？

杜笑天突然起腳，一腳將身前一堆兔骨踢入竹架之內！

一下恐怖的聲響立時從竹架之內傳出來。是兔骨散落竹架之內的地上。

「霎」一聲，一隻吸血蛾隨即從竹架之內飛出，卻就是一隻！

加起來一共才得到四隻，杜笑天一顆心放下了一半。四隻吸血蛾他自信可以應付得來。

他心中的疑惑卻更重了。——其他的吸血蛾現在在什麼地方！

眼前四隻吸血蛾留在這個地方又有什麼目的！也就在這下，四隻吸血蛾突然向他迎面飛來！

牠們似乎現在才發覺杜笑天的存在。霎霎的撲翼聲剎那彷彿更響亮。

撲翼聲之外，好像還有一陣陣雖然輕微，卻又異常尖銳的聲響。

那種聲響好像就是發自四隻吸血蛾的口中。

杜笑天當場打了一個冷顫。那種聲響也實在恐怖，尤其是在靜寂的環境之下。

因爲那種聲響簡直就像是一個人極度飢渴之下，突然發現水糧之時從咽喉所發出來的聲響。

杜笑天聽過那種聲音，他也有過那種經驗。

那四隻吸血蛾如果一直都留在這個房間之內，現在當然已經飢渴的發瘋。

牠們飲的是血，吃的是肉，房間之內就只剩下一堆兔骨頭。

牠們最少已餓了六天，杜笑天來得豈非正是時候？

四隻吸血蛾，眨眼間撲到杜笑天的面前！

杜笑天幾乎同時暴退，一退就半丈，幾乎退出房門之外。

他的反應可以說相當靈敏，那四隻吸血蛾卻一樣靈敏，翼一拍一張，追撲杜笑天。

牠們怎肯放過杜笑天。對牠們來說，杜笑天無疑是一份很好的食物。

一個身體強壯的人肌肉縱然粗了一些，血液卻必定特別鮮美。

肉食牠們並不在乎，只要血液鮮美就已足夠，牠們是吸血蛾。並不是吃肉蛾。

現在牠們是否已經嗅到杜笑天體內血液的芬芳？

杜笑天早有準備，退後時右手已握住了刀柄，腳步一收，刀亦出鞘！

匹練一樣的刀光一閃，一隻吸血蛾變成兩片！好利的刀鋒，好快的刀法！

他的左右手同時揮出，寬大的衣袖激起一股勁風，「拍」一聲橫掃！兩隻吸血蛾應聲凌空落下！

還有一隻！那隻吸血蛾從杜笑天的頭頂上空飛下，落在杜笑天的鼻樑之上！

一種難言的感覺立時散佈杜笑天的全身。在那刹那之間，他全身都起了雞皮疙瘩！

也就在那刹那之間，他感覺鼻樑之上一下刺痛，彷彿刺進了什麼東西，然後他感覺附近的血液彷彿在開始外流。

這種感覺他已經有過一次，那一次是在指頭之上。

當時他的手中正握著一隻吸血蛾，那隻吸血蛾在掙扎之餘，就將牠的吸管刺進他的指尖，吸他的血。

——現在那隻吸血蛾莫非就已經將牠那隻吸管刺進他的鼻樑之內？

他一驚一呆，左手就一翻抓向那隻吸血蛾。一抓就給抓在掌中！

他連隨將手拉開，鼻樑之上立時又一下刺痛。

那隻吸血蛾顯然真的已經將吸管刺進他的鼻樑之內

他的目光自然就落向抓在掌中的那隻吸血蛾之上。

那隻吸血蛾沒有在他的掌中掙扎，也根本不能夠掙扎。他已經將那隻吸血蛾握緊。

只有蛾頭在他的掌握之中露出來。那條吸管正在蛾口中不停伸縮。

尖銳的吸管，尖端上彷彿在閃動著血光。

杜笑天不由又打了一個冷顫。

他實在很想看清楚蛾口中是否還有牙齒，是否能夠咬噬東西。可惜周圍的環境太暗。

他瞪著那隻吸血蛾的頭，雖然看見那條不停在伸縮的吸管，卻不能看清楚蛾口的情形。

那隻吸血蛾也在瞪著他，血紅的蛾眼彷彿充滿了驚懼。

杜笑天有這種感覺，他心中一陣快意，脫口道：「你是否還想吸我的血？」

那隻吸血蛾的口中即時響起了輕微的嘶嘶之聲！莫非這就是蛾語。

牠又是怎樣回答？杜笑天聽不懂，冷笑又道：「當然你很想。可惜，現在你已經落在我的掌握之中。」又是一陣嘶嘶之聲。

杜笑天道：「你到底在說什麼？」回答的只是嘶嘶之聲。

杜笑天嘆了一口氣道：「你好像聽得懂我的說話，可惜你的說話我卻完全聽不懂。」

現在如果有人看見他，不難就當他做瘋子，幸好這裏只有他一個人。

他接道：「要是我聽得懂你的說話，這件事縱然再複雜，現在也變得簡單。」

因爲他是一個有經驗的捕頭，他懂得如何套取口供，也懂得如何迫問口供。

那麼大的人他都有辦法，蛾這種小東西他又豈會束手無策？對付不了？

扎。

又是杜笑天聽不懂的回答。蛾口發出的嘶嘶聲響逐漸強烈起來，那隻吸血蛾開始拚命掙

杜笑天察覺，冷笑道：「這一次我不會放手的了。」他的手掌握得那隻吸血蛾更緊。

那隻吸血蛾掙扎的更加厲害，口中的吸管一吞一吐，刺向杜笑天的手指。

這一著已在杜笑天的意料之中。

那隻吸血蛾的吸管方刺出，他那隻手的拇指已推前，抵住了蛾頭。

蛾頭立時便推的仰起，不能再移動，刺出的吸管當然落空。

杜笑天冷笑，又道：「你還有什麼辦法？」

那隻吸血蛾完全沒有辦法。

杜笑天等了片刻，想想忽又道：「我倒想看看你的口內是不是還有牙齒？」

嘶嘶的聲響再起，這一次似乎有點譏諷的意味，杜笑天有這種感覺。

他嘴角一咧，道：「你是否認爲在這種環境之下，我的眼睛根本不能夠看清楚你口內的情形。」

嘶嘶的聲響即時停下，那隻吸血蛾莫非在默認了？

杜笑天一笑接道：「你這樣認爲也不能說是錯誤，我的眼睛在這個環境之下的確已不能發生多大作用，不過我雖然不可以改善自己的眼睛，卻可以改變現在這個環境。」

那隻吸血蛾沒有發出聲音，血紅的那雙眼彷彿充滿了疑惑。

杜笑天竟然能夠改善環境。他如何改善？那隻吸血蛾也許就是在奇怪這一點。

杜笑天又是一笑道：「其實這也是簡單，方才我忽然想起身上有一個火熠子，剔亮了火熠子，是不是已可以改善當前的環境？」

仍沒有回聲。杜笑天也不多說什麼，反手將刀插回刀鞘內，伸手入腰囊，取出那個火熠子。

他連隨將那個火熠子點亮，整個房間逐漸明亮起來。

火光照耀下，那隻吸血蛾的顏色更顯得瑰麗奪目，碧綠的蛾更像碧玉，鮮紅的蛾眼更像鮮血。

那隻吸血蛾的神態，在火光下卻也更顯得猙獰。

牠的眼中彷彿充滿了怨毒，口中不住在動，彷彿在咒詛什麼。

杜笑天捏著火熠子的那隻手並沒有移向那隻吸血蛾。

他的手垂向地面，目光亦下落。他的人也相繼蹲下去。

在火熠子閃亮那剎那，他的眼睛已經被一樣東西吸引——血！

血從他一刀斬成兩片的那隻吸血蛾的體內流出，兩片蛾屍赫然都是浸在血泊之中。

人血一樣的蛾血，散發著非常奇怪的臭味。

蛾血怎會是這樣？杜笑天的目光移向被他用衣袖擊下的其餘兩隻吸血蛾之上。

那兩隻吸血蛾被他的衣袖那一掃，雙翼俱折，一隻當場被擊斃，一隻仍活著，猶自在地上打轉。

沒有了雙翼的蛾身本來就已經難看，這一動，更顯得醜惡。醜惡而詭異。

杜笑天瞪著那條猶自在地上打轉的蛾身，突然揮手，將手中火熠子往地上的板縫一插。

一插就鬆手，騰出來的手，再拔刀出鞘，刀光又一閃！

「哧」一聲輕響，猶自在地上打轉的那隻無翼吸血蛾，刀光中一分爲二，斷爲兩片！

血淋淋的兩片！吸血蛾斷口湧出了鮮紅的一如人的鮮血！

這一次杜笑天的一雙眼睛睜大，眨也不一眨。

他看得非常清楚，蛾血真的是人血那樣。他怔在那裏。

也就在這個時候，他突然聽到了一下非常奇怪的聲音。

那一下異響似乎遙遠，卻又似乎就在隔壁。

他卻聽得出既不遙遠，也不是在隔壁，而是從樓下傳上來，在這個房間之下傳上來。

他的耳目本來就靈敏，記憶力也好，他記得，現在處身的這間廂房的位置，正就是樓下的一間廂房的位置。他心中忽然一動，因爲那種聲響他也不是第一次聽到。

聚寶齋那個書齋之內的兩道機關活門，打開之時豈非就發出那種聲音？

廿八 冷月荒郊

那一聲異響本來並不大，但是靜寂中，仍不難覺察。卻只是一聲，實在難以下一個判斷。

不過無論是否機關活門發出的聲響，杜笑天也準備下去看一個究竟的了。

這念頭一生，他的手立即伸前，捏滅那個火熠子。他立時陷入一片黑暗之中。

窗外雨未歇，夜色已降臨，他方待站起身子，樓下又有聲音傳上來，這一次的聲音更微弱。

他不假思索，整個人伏倒在地板之上，耳貼著地板凝神靜聽。是腳步聲！

腳步聲忽一頓，「呀」的又是一聲。這一聲並不難聽出是開門之聲。

到底誰在下面那間廂房？是不是史雙河？史雙河到底在下面幹什麼？

杜笑天本性就是多疑，這疑心一起，即使是殺機四面，他也會追下去，何況現在這地方雖然詭異，並不見怎樣危險。

他緩緩爬起來，站起身子。每一個動作也都極盡小心，務求不發出聲響。

然後他躡足走向門那邊。一面走他一面留意樓下的腳步聲。

樓下的腳步聲是朝向店堂那邊。他閃身走出門外，就看見了微弱的光芒。

昏黃的光芒在樓下越來越光亮，也沒有多久，他就看見了一盞油燈。

這時候他差不多已經來到梯口。他貼著一邊的房板，又蹲下身子。

如果他的身子不蹲下來，掌燈在樓下走動的那個人一抬頭，不難就發現他的存在。

油燈在一隻非常穩定的手掌之中。人雖然走動，油燈搖動的並不怎樣。

那個人一身慘白的長衫，頭髮蓬亂，頭頂束著一個道士髻，束得並不好。彷彿隨時都會掉下來。

只看背影杜笑天已認出這個人是——史雙河！

燈光忽然停頓，人就在櫃檯前收住腳步。他俯身從櫃檯後抓起了個竹籃，隨即轉身。

燈光照亮他的臉，果然就是史雙河！

燈光又開始轉動，史雙河一手掌燈，一手提著竹籃，回頭走。

杜笑天又伏下，細聽腳步聲。腳步聲沒有回去樓下那個房間，直向後面的院子而去。

史雙河拿竹籃到後院去幹什麼？

杜笑天大感奇怪。腳步聲漸趨微弱，很快就消失，照估計，人應已進入後院。

杜笑天颯地起身，一個箭步竄到欄杆的前面，偏身一個翻滾越過欄杆，躍下店堂！

他要盡量爭取時間。在進來的時候他已經留意，是以這一躍雖然匆忙，並沒有踢倒任何東西！

然後他靈蛇一樣標向樓下那個房間。他是用腳尖起落，起落間沒有發出多大聲響。

門半開，杜笑天一閃而入。

一踏入他就聽到一陣陣「霎霎」的聲響——這一次的聲響就像是那一次他們在史雙河的指引之下，在上面那間廂房所聽到的一樣。

蛾群難道在這裏？杜笑天混身毛管逆立，一個身子不由自主的走來。房內並沒有蛾在飛舞。

聲響在同一位置發出，他望向那個位置，就看見，微弱的光芒，那光芒竟是從一面牆壁上發出。

光芒雖然是微弱，在已經習慣了黑暗的杜笑天來說已經足夠。

他已經能夠看見房內的情形。

左面有一張床，床上放著枕頭被褥。右面有一張桌子，三、四張凳子。

桌子上還放著茶壺茶杯，不過桌子不遠的牆壁之上赫然有一道門戶。

門戶已打開，光芒正是從門內透出，杜笑天一個箭步竄到門邊。

牆壁之後還有牆壁，入暗門就是一條三尺寬闊的甬道，杜笑天並不覺稀奇。

因爲在聚寶齋他已見過這樣的複壁，這樣的甬道。

他只是奇怪在雲來客棧也有這樣的複壁，這樣的甬道。

他不禁躊躇，一時也不知進去還是不進去的好。看情形，這間房顯然是史雙河的寢室。

在他的寢室怎會有這樣的複壁？這樣的甬道？是他自己建造還是本來就有？

這複壁之內的甬道，到底通往什麼地方？那個地方到底用來做什麼？

他到底有什麼不可告人的秘密？杜笑天一腦子都是問題。

——史雙河相信不會那麼快就回來。杜笑天決定進去！也只有進去才可以解決問題。

他只希望這條甬道亦不是聚寶齋書齋內那條甬道那樣，遍佈殺人的機關，一進去就將他射成刺蝟。

時間並不多，杜笑天明白，是以一下了決定，他就竄入去，這無疑就是拚命。

他並非不怕死，只是這條甬道，甬道之內傳出來的那種「霎霎」的聲響，對於他的誘惑實在太大。

何況他幹了十年捕快，不是第一次冒險犯難的了。

噗的身形落下，剎那之間，他的整顆心幾乎都在收縮。

沒有亂箭飛刀向他射來，這條甬道也許真的並不同聚寶齋書齋內那條甬道；也許史雙河離開的時候並沒有將機關再次開放。

如果是這樣，史雙河一定會很快就回來，杜笑天無暇思索，飛步走前去。

他的行動並沒有遭受任何阻截，甬道之內也沒有其他的人。

甬道並不長，盡頭是一道石階，斜往下伸展。

杜笑天走下石階，進入一個地牢。怎麼這設計與聚寶齋書齋內那條暗道如此相似？

杜笑天好不奇怪，還有更加奇怪的事情！

地牢相當的寬敞，這並不奇怪，杜笑天見過遠比這個寬敞的地牢，奇怪的是這個地牢的陳設。

杜笑天從來沒有見過，這樣奇怪的陳設，地牢的四壁簡直就像是夜空。

深藍的夜空，頂壁也一樣，正中嵌著一盞燈。燈嵌在壁內，外面隔著一輪通明的水晶。

燈光透過水晶射出來，柔和瑰麗，就像是一輪明月。

有這一盞燈，整個地牢就像浴在月色之中。杜笑天現在就像置身在月夜之下，恐怖的月夜之下！

深藍的夜空之中，沒有雲，一片都沒有。一大群吸血蛾圍繞著那一輪明月，飛舞在夜空之下。

碧綠的翅膀，血紅的眼睛，翅膀上血紅的眼狀花茫，月色中特別鮮明，卻並不美麗，只顯得恐怖。

杜笑天只覺得自己簡直就像進入了魔鬼的世界。

一輪明月之上是一張青苔一樣顏色的桌子，就像是一塊長滿了青苔的石頭，大石頭。

桌面並不平，凹凹凸凸的一如石頭的表面，凹下的地方不少都盛著薄薄的一層血紅色的液體。

那種液體就像是鮮血一樣。是什麼鮮血？杜笑天走了過去。

一接近他就聽到一陣「吱吱」的輕微聲響，是什麼聲響？

杜笑天走到桌前，探手蘸向那些血。

他的手才一接近，「霎霎霎」的一陣亂響，桌面的附近突然多出了二三十隻吸血蛾！

那二三十隻吸血蛾本來伏在桌面上，現在大半都被杜笑天驚的飛起。

杜笑天嚇了一跳，他的手停在半空中，凝神再望向那張桌子。

這一次他看清楚了。桌面上赫然還伏著好幾隻吸血蛾。

那些吸血蛾的眼睛鮮紅如鮮血，碧綠如碧玉。

桌子上卻是長滿了青苔的石頭一樣，凹陷的地方則盛著血紅的液體，那些吸血蛾伏在上面，一個不留神，的確容易疏忽了去。

杜笑天再望清楚，就發覺那幾隻吸血蛾，都在將口中那條吸管吐進血紅的液體中。

那種吱吱的聲響似乎就因此發生。看來，牠們顯然在啜吸那種血紅的液體。

那種血紅的液體到底是什麼東西？

杜笑天忍不住用手指蘸去。著指是清涼的感覺，就像是將指頭浸在水中。

杜笑天將手舉起，那種血紅的液體已染紅他的手指，竟像是顏料一樣。

他再將手指移到鼻端，入鼻是一種怪異的惡臭。

杜笑天全無判斷，到底是什麼東西。

——這莫非是那些吸血蛾的飲料，如果是，那些吸血蛾的食料又是什麼？

杜笑天心念方動，鼻子又嗅到了一種氣味。那種氣味其實一直蘊斥著整個地牢。

杜笑天卻是到現在才覺察。

他的注意力以前一直集中在那張滿佈青苔的石頭一樣的桌子之上，一心想嗅一下那種血紅的液體到底是什麼氣味，想知道到底是什麼東西。

甚至在未以手指蘸上那種血紅的液體之前，他已經嗅到那種怪異的惡臭。

事實上，他已不是第一次接觸那種血紅的液體。對於蘊斥在整個地牢的那種氣味他反而沒有感覺。

這也是一種心理作用，現在他突然覺察。

旋即他察覺地牢的四壁之下堆放著不少花葉，葉多已枯萎。

花亦大部已凌殘，不過仍然分辨得出是黃色。這難道就是那些種在後院的花樹的花葉？

杜笑天這才覺察那種氣味其實就是那種花香。這難道就是那些吸血蛾的食料？

他張目四顧，整個地牢連一塊骨頭都沒有，也沒有任何動物的屍骸。

他這種想法無疑是大有可能。

那些花葉如果不是那些吸血蛾的食料，還有什麼理由堆放在地牢裏面？

——那些吸血蛾吃肉之外，莫非還吃素？

杜笑天舉步想走過去，只要走過去一看，便可以進一步來證實。

如果那些花葉真的是那些吸血蛾的食料，上面一定有吸血蛾在吸噬花葉。

這如果證實，那些吸血蛾的主人就不是郭璞，是另有其人——史雙河！

杜笑天對史雙河的疑心這刹那最少重十倍。他的腳步已舉起，舉起又放下。

因爲他想起在這個地牢之內已耗費了不少時候。

史雙河如果要回來，現在正是時候的了。若兩下一碰頭，史雙河一定不會放過他。

是否是史雙河的對手他並不知道，不過這下子，對於史雙河這個人，他突然有了恐懼。

一種強烈的恐懼，他必須儘快離開。

這無疑是一個大發現，如果他被史雙河看見，這不難又變回一個秘密。

有過一次經驗，史雙河一定會從新佈署，一定會更加小心。

如此縱然有第二個懷疑到這地方，要再次發現這個秘密，就不會這樣容易的了。

甚至有可能，這個秘密成爲永遠的秘密。

杜笑天正想轉身，左手的食指突然一痛。

他的目光不由落下，握在他左手之中那隻吸血蛾的吸管已刺入他左手食指的皮膚。

他差不多已經忘記了那隻吸血蛾，抵著那隻吸血蛾的拇指早已移開。

他一痛鬆手，只是鬆開少許，一有了可以掙扎的餘地，那隻吸血蛾又開始掙扎。

杜笑天的手掌連隨收緊，冷笑又道：「一次的經驗已足夠，現在就是蛾王落在我的手中，也休想逃走。」

一個聲音即時響起。不是「嘶嘶」的蛾聲，是人聲！陰森森的人聲。

聲音從後面傳來，道：「給我看見，你也是一樣！」

杜笑天一驚回頭。

史雙河正站在地牢的入口！

月白的燈光之下，史雙河本來已經蒼白的臉龐更顯得蒼白，蒼白得簡直不像是一個活人。

他面上的神情與他說話的語聲同樣陰森，混身上下彷彿籠罩著一層白氣——鬼氣！他的人彷彿也因此飄忽了起來，飄忽得就像是冥府出來的幽靈。他的出現根本就已是幽靈一樣。

杜笑天雖然因爲手中那隻吸血蛾分心，耳目到底是靈敏過人，以他耳目的靈敏也竟然要到史雙河出現在地牢門口，開口說話才察覺。

史雙河左手的油燈已不在，右手仍提著那竹籃。

竹籃中盛著花葉，後院那種花樹的花葉，青綠色的葉，鮮黃色的花。

淡淡的花香已經在地牢中散開。

繞月飛舞的群蛾似乎就因爲地牢中多了這新鮮的花葉而變得更加活躍。

霎霎的聲響逐漸強烈起來。

杜笑天心都亂了。他盯著史雙河，不覺的開聲道：「史雙河……」

史雙河死眉死眼，面無表情，嗯的一聲道：「什麼事？」

杜笑天滿肚子話說，一時間卻又不知道先從哪裏說起。

史雙河也不追問，目光斜落在那個竹籃之上，說道：「我本來準備好好的睡一覺。」

杜笑天隨口道：「這麼早，你就睡覺了？」

史雙河笑道：「早睡身體好。」

杜笑天道：「你什麼時候開始關心自己的身體？」

史雙河道：「不是現在。」

杜笑天道：「何以你不睡？」

史雙河道：「睡不著怎樣睡？」

杜笑天道：「你有什麼心事。」

史雙河道：「什麼心事也沒有。」

杜笑天道：「那麼是什麼原因令你睡不著？」

史雙河道：「我那些寶貝吵得實在太厲害。」

杜笑天道：「你是說那些吸血蛾？」

史雙河道：「正是。」

杜笑天追問道：「是你的寶貝，還是郭璞的寶貝？」

史雙河反問道：「難道你沒有聽清楚我的說話？」

杜笑天閉上嘴巴。他聽的非常清楚。

史雙河繼續他的說話，道：「到現在，你應該知道我才是吸血蛾的主人了。」

杜笑天茫然點頭，忽說道：「你是否可以回答我幾個問題？」

史雙河不假思索，道：「可以。」

杜笑天卻沉默了下去，亦是不知哪裏問起好。

史雙河給他提示，道：「你是否已經知道我那些寶貝爲什麼吵得那麼厲害？」

杜笑天道：「爲什麼？」

史雙河卻回問道：「依你看，一個人大多數在什麼時候脾氣最不好最沒有耐性，吵得最厲害？」

杜笑天道：「肚子餓的時候。」

史雙河道：「蛾也是一樣。」

杜笑天道：「你忘記了給牠們補充食物。」

史雙河道：「這幾天我實在太忙。」

杜笑天道：「忙著幹什麼？」

史雙河道：「這個問題你可不可以等一會才問我？」

杜笑天道：「爲什麼要等一會？」

史雙河道：「我方才要說的還沒有說完。」

杜笑天嘆了一口氣，轉回話題道：「你那些寶貝的耐性其實也不錯的了。」

史雙河道：「哦？」

杜笑天道：「換了是我，相信絕不會等到現在才吵鬧。」

史雙河說道：「牠們並不是現在才開始吵鬧，只不過這幾天我都是晝伏夜出，回來的時候都是倦得要命，一躺下就睡著了。」

杜笑天道：「今天卻是例外？」

史雙河道：「只是今天例外。」

杜笑天道：「所以你才想起已經有好幾天沒有給牠們食物。」

史雙河道：「其實我早已在地牢之內存放了足夠的食物，只不過幾天下來，變的不新鮮罷了。」

杜笑天奇怪地道：「牠們也會揀飲擇食？」

史雙河道：「與人一樣。」

杜笑天搖搖頭，道：「這種東西實在奇怪。」

他連隨問史雙河：「牠們的食物難道就是後院那種花樹的花葉？」

史雙河道：「正是。」他的目光又落在那個竹籃之上，道：「我本來打算採滿這個竹籃。」

杜笑天這才留意到那個竹籃的花葉，不過半滿，信口問道：「爲什麼你不採滿它？」

史雙河道：「因爲我正在採摘花葉的時候，突然有隻吸血蛾飛來。」

杜笑天道：「這有什麼關係？」

史雙河道：「你知道的了，牠們本來是瀟湘山林間的野生動物，生命力極強，與其他蛾類迴異，不大畏陽光，大白天一樣到處飛翔，即使被關起來，只要還有飛翔的餘地，每天也總要飛翔相當時候，非到疲倦不肯罷休。」他一頓，又說道：「牠們雖然是野生動物，經過我長時間的訓練，已懂得服從我的命令，是以地牢的門戶儘管大開，如果沒有突然的事物驚動牠們，絕不會飛出外間。」

杜笑天道：「是麼？」

史雙河頷首道：「是以我立即知道有人偷進地牢。」

杜笑天道：「你怎知道一定是人，不是老鼠？」

史雙河道：「地牢的入口我放置了一種蛇鼠辟易的藥物。」

杜笑天道：「蛇鼠辟易的藥物對其他的動物未必有效。」

史雙河沒有否認。

杜笑天道：「闖進地牢的也許只是一隻貓，一條狗。」

史雙河道：「我這裏並沒有養著這兩種動物。」

杜笑天道：「附近的人家一定有。」

史雙河道：「當然有，沒有貓狗怎算得是縣村地方？」

他忽然一笑，道：「縱然真的是貓狗偷進去，我也要回來一看才放心。」

杜笑天又嘆了一口氣。

史雙河笑著又道：「不回來一看，又怎能知道偷進去的是狗還是人？」

杜笑天又嘆了一口氣，道：「自始至終我都非常小心，完全沒有意思驚動牠們，也根本不打算驚動牠們。」

史雙河道：「我知道你一定非常的小心。」

杜笑天說道：「牠們的膽子卻未免太小，我不過伸手準備去蘸一點桌子上那些鮮血的液體，看看是什麼東西，誰知道就嚇了牠們一跳，竟然還有些一口氣逃出牢外。」

史雙河道：「難道你起初沒有看見牠們伏在桌面上？」

杜笑天道：「沒有。」

史雙河道：「你的眼睛不是一直都很好？」

杜笑天道：「牠們的顏色與那張桌子的顏色卻實在太相似。」

史雙河道：「在瀟湘的山林間，牠們原就喜歡停留在與牠們同樣顏色的東西之上，因爲牠們並沒有足夠的能力來抵抗敵人的侵犯，只好就用這種方法來掩飾自己的存在，藉此來迷惑敵人的眼睛，保護自己的生命安全。」

杜笑天忍不住問道：「牠們口中的牙齒、吸管不是厲害的武器？」

史雙河又笑。這一次他的笑容顯得非常詭異。他笑道：「你以爲牠們真的能夠噬肉吸血？」

杜笑天道：「難道不是？」

史雙河只笑不答，轉問道：「你突然走來這裏幹什麼？」

杜笑天道：「偵查你的秘密。」

史雙河道：「我的秘密？」

杜笑天點頭道：「也就是吸血蛾的秘密。」

史雙河道：「你什麼時候開始懷疑我與那些吸血蛾有關係？」

杜笑天道：「早已開始。」

史雙河道：「早到什麼時候？」

杜笑天道：「第一次進入這個地方，我就已對你生疑。」

史雙河驚訝的道：「莫非我一開始就露出了破綻？」

杜笑天點頭。

史雙河追問道：「是什麼破綻？」

杜笑天回答不出來。

史雙河望著他，忽然搖頭嘆息起來。

杜笑天看見奇怪，詫聲問道：「什麼事這樣感慨？」

史雙河嘆息道：「你本來是一個老實人，現在怎麼變得如此狡猾？」

杜笑天佯作一怔。

史雙河的目光凝結在杜笑天的面上，道：「看你的樣子，倒像是並無其事。」

杜笑天彷彿聽不懂史雙河的說話。

史雙河接道：「只可惜你的表情雖然十足，說謊的本領還未到家。」

杜笑天仍然怔在那裏。

史雙河繼續他的說話，道：「一個真正懂得說謊的人，先必騙倒自己才騙別人，連自己都騙不倒的謊話，又怎能騙倒別人？」他好像擔心杜笑天不明白，連隨解釋道：「這個意思其實是，出口的說話自己第一個必須先相信，說起來這個似乎簡單，其實也並不簡單。」

杜笑天道：「哦？」

史雙河道：「因爲並非口說相信就可以，那些說話必須能夠將自己說服。」

杜笑天道：「自己的說話自己相信，不相信別人也有關係？」

史雙河道：「大有關係。」

杜笑天道：「我自己相信不相信，只有我自己清楚，除非說了出來，否則，誰知道？」

史雙河忽問道：「你有沒有朋友？」

杜笑天道：「有，有很多。」

史雙河又問道：「知己朋友？」

杜笑天道：「也有。」

史雙河道：「你是否說謊，他們是否能夠聽得出來？看得出來？」

杜笑天道：「也許能夠。」他連隨又一笑，道：「你卻不是我的知己朋友。」

「史雙河不是知己朋友，你是知道的了。」

杜笑天點頭。

史雙河道：「方才你那番說話不必知己朋友，即使普通朋友也可以聽得出來你是在說謊。」

杜笑天一怔道：「爲什麼？」

史雙河道：「你的性子怎樣，對你只要稍爲注意的朋友，相信都不難知道。」

他一頓才接下去，道：「以你的性子，如果一開始便已有所發現，又豈會等到現在才來調查？」

杜笑天沒有回答，上上下下的打量了史雙河幾遍，突然這樣說道：「你我以前並不是朋友，普通朋友也不是。」

史雙河沒有作聲。

杜笑天道：「我的性子怎樣你卻如此的清楚，實在是一件很奇怪的事情。」

史雙河道：「奇怪的事情，豈只這一件。」

杜笑天道：「哦？」

史雙河道：「我還知道你一向喜歡獨來獨往，這一次只是一個到來。」

杜笑天心頭一凜，神色仍能夠保持鎮定，淡笑道：「不錯我一向喜歡獨來獨往，這一次卻是例外。」

史雙河道：「是麼？」

杜笑天道：「明知一踏入這裏，不難就招致殺身之禍，以我這樣小心的人，又豈會不有所防備？」

史雙河忽的又一笑，道：「縱然你說的事實，我也不會放你離開的了。」

這句話說完，史雙河的腳步就開始移動，一步，兩步——

杜笑天瞪著史雙河向自己走來，一步一驚心。兩步跨出，史雙河突然又停下來。

在他後面那扇地牢的門戶即時關閉，毫無聲息的自動關閉！門後也是被漆成牆壁一樣。

整個地牢變成了一片天空，深藍的天空，深夜的天空。

明月一樣的壁燈彷彿又明亮了幾分。兩人就像是置身在深夜月下的荒郊。

冷月淒迷，如此深夜荒郊卻並不靜寂。

一大群吸血蛾仍繞著明月一樣的壁燈飛舞，「霎霎」的撲翅聲就像是魔鬼的笑聲。

血紅的蛾眼，碧綠的蛾翅，燈光下閃爍著紅綠兩色的幽芒，就像是閃爍在天上的群星。

星光又怎會是這兩種顏色？這若是真的天，真的月，真的星，也不像人間所有。

杜笑天只覺得就像是置身魔界。

——這個史雙河難道就是來自魔界的魔人？

杜笑天想著，不覺由心寒了出來，一連打了好幾個寒噤。

他的手已經緊握在刀柄上，一雙眼鴿蛋一樣瞪大，瞪著史雙河。

史雙河的一雙眼都是在瞪著夜空中的明月。他的眼本來滿佈紅絲，蒼白的月色之下，卻完全不覺，整個眼球彷彿都通透。

這雙眼並不像人的眼。一聲嘆息突然從他的齒縫漏出。飄忽的輕息，亦彷彿來自幽冥。

他嘆息著道：「什麼地方你不去，怎麼偏偏要走來這個地方？」

杜笑天苦笑。他也不知道應該怎樣回答。

史雙河嘆息又道：「本來我完全沒有殺害你的意思，但是現在給你發現了這個地方，知道了這麼多的秘密，除了滅口之外，我實在想不出第二個辦法。」

杜笑天亦自嘆息，道：「我也想不出，否則我一定會告訴你。」

史雙河微微笑道：「你這是贊成我殺害你的了。」

杜笑天道：「難道我說不贊成，你就不會殺害我？」

史雙河道：「怎麼不會？」

杜笑天淡然一笑轉問道：「對於我的性情你那麼清楚，我的武功你是否一樣清楚？」

史雙河道：「一樣清楚。」

杜笑天再問道：「殺我，你有幾分把握？」

史雙河想也不想，立即道：「十二分把握！」

杜笑天又是一怔，忍不住問道：「憑什麼如此肯定……」

史雙河淡笑道：「知己知彼，百戰百勝！」

杜笑天奇怪的望著史雙河道：「我的武功怎樣，你真的如此清楚？」

史雙河道：「現在你可以不相信。」

杜笑天道：「你我以前並不相識，彼此之間，根本沒有利害衝突。既然我是一個捕快，崔北海這件案一定會落到我手上，也沒有理由，一開始你就研究我的武功高低，準備對付我。」

史雙河道：「如果我們以前真的是並不相識，這的確沒有理由。」

杜笑天試探著問道：「難道不是？」

史雙河道：「不是。」

杜笑天沉吟著說道：「我實在全無印象。」

史雙河說道：「很快，你就會知道的了。」

杜笑天道：「哦？」

史雙河道：「鬼神據講都能夠知道過去未來。」

杜笑天這才明白，淡笑道：「我這個人並不壞，死在我刀下的也全都是壞人，所以死後入地獄的可能性不太大。」

史雙河道：「我只是送你上路，至於你此去碧落還是黃泉，與我可沒有關係。」

杜笑天微微笑道：「這個我明白。」

杜笑天笑著又道：「你怎會及時現身，已經解釋得非常詳細，我也非常明白的了。」

史雙河道：「你本來就是一個聰明人。」

杜笑天道：「現在大概可以請你解答其他的問題。」

史雙河卻道：「不可以。」

杜笑天又是一怔。

史雙河道：「我知道現在你已經想到先從哪裏問起。」

杜笑天點頭，正準備開口，史雙河的話已經出口，道：「只可惜現在我根本不打算再回答你任何問題。」

杜笑天脫口道：「爲什麼？」

史雙河道：「因爲，我也是一個聰明人。」

杜笑天不明白。

史雙河接著道：「聰明人絕不會做傻事。」

杜笑天仍不明白。

史雙河又道：「現在我突然想起，實在沒有道理跟你說那麼多的話。」

杜笑天不由又問：「爲什麼？」

史雙河道：「因爲你很快就變成一個死人！」

杜笑天恍然道：「原來是這個原因。」

史雙河道：「正是！」他的目光終於落下，接道：「跟你說話根本已經全無意思。」

杜笑天嘆了一口氣，道：「聽你的說話，今夜我必然九死一生……」

史雙河立即打斷了杜笑天的說話，道：「九死一生到底還有一線生機，我卻是認爲一線生機都沒有。」

杜笑天道：「這你更就非要回答我的問題不可。」

史雙河道：「怎麼？」

杜笑天嘆息道：「否則我死不瞑目，你如何過意得去？」

史雙河道：「你這句話不是沒有道理，只可惜這件事實在太複雜。」

杜笑天道：「這個無妨，你儘可以慢慢解說，反正我已然在你的掌握中，時間充足。」

史雙河道：「我的耐性卻是有限。」

杜笑天道：「如此可以扼要……」

史雙河又打斷了杜笑天的說話道：「這不錯，可以，但卻要我大傷腦筋。」

杜笑天道：「我知道你腦筋靈活，口齒靈活。」

史雙河道：「現在，我並不想再傷腦筋。」

他笑笑接道：「在我大傷腦筋，大費唇舌之餘，不難予你可乘之機。」

杜笑天道：「你放心，我答應，在你未將話說完之前，縱然有很好的機會我也絕不會發難。」

史雙河又笑。

杜笑天連忙又道：「我這個人的信用向來都很好。」

史雙河道：「這一點我知道。」

杜笑天道：「這你還不放心？」

史雙河道：「我放心，只是……」

杜笑天急問道：「只是什麼？」

史雙河又是一笑，道：「我為什麼冒這個險？」

杜笑天嘆息，道：「難道你真的要我死難瞑目？」

史雙河笑道：「為安全設想，對不起也只好如此了。」

杜笑天只有嘆息。

史雙河又道：「何況反正是一個死人，瞑目不瞑目又有什麼分別？」

杜笑天道：「就不怕我因此陰魂不散，化成魔鬼，向你索命！」他說得煞有介事。

史雙河反而又笑了起來，道：「你以為人世間真的有所謂妖魔鬼怪？」

杜笑天反問道：「你肯定沒有？」

史雙河立即搖頭，道：「不能夠。」

他的語聲立即就起了變化，陰森而恐怖，冷峻道：「我倒希望，真的有這種東西。」

杜笑天愕然。

廿九 刀劍爭鋒

史雙河接道：「因爲我活到現在，一直都沒有見過妖魔鬼怪，難得有這個機會，豈有錯過的道理。」

杜笑天苦笑。

史雙河還有話說，道：「如果你死後真的化爲厲鬼，最好第一個就來找我。」

杜笑天只有苦笑。

史雙河再說一聲：「請！」這是請杜笑天出手。

杜笑天應聲拔刀出鞘！他的人仍站立在那塊石頭一樣的桌子之前。

明月一樣的壁燈正嵌在桌子之上，慘白的刀鋒映著月光，閃著耀目的寒芒。

霎霎霎的幾隻吸血蛾立時飛投在刀身之上。

碧綠的蛾翅在刀身之上展開血紅的蛾眼，彷彿全都在瞪著杜笑天。

杜笑天握刀的手不由自主顫抖起來。其他的吸血蛾相繼撲下。

不過片刻，杜笑天手中那柄刀的刀身之上全都伏滿了吸血蛾。

整個刀立時碧綠，碧綠之中卻閃動著血紅的光芒。

這完全不像是人間的兵刃！這簡直就是一柄蛾刀！杜笑天不覺由心寒了出來。

他突然大喝一聲，勁透右腕，迎空虛吹幾刀！

喝聲霹靂一樣，就連杜笑天自己也給這一聲嚇了一跳。

地牢四下密封，這一聲大喝，實在驚人！

喝聲未落，四壁已然激盪起陣陣的回聲，刀風同時呼嘯激盪！

伏在刀身之上的吸血蛾完全驚飛，其他的吸血蛾亦被驚動，四下狂舞！

霎霎的撲翅之聲響徹整個密室！

杜笑天連隨收刀，刀鋒上赫然鮮血點滴！

那四刀亂砍，已經有好幾隻吸血蛾浴血在刀鋒之下，蛾血已經濺上了刀鋒！血紅的蛾血！

蛾血在月色下閃動著妖異的光芒，飄浮著妖異的惡臭！

刀鋒上雖然已經一隻蛾都沒有，杜笑天手仍在顫抖。

剎那之間，情景又是何等恐怖，若換是膽子比較小的人，只怕已經被嚇的昏倒。

杜笑天的目光，卻始終沒有離開史雙河。他是怕史雙河乘機偷襲，那無疑也是一個機會。

史雙河似乎不懂得利用機會，也許他成竹在胸，根本不將杜笑天放在眼內，也許他早已看出杜笑天已經在防備，他只是站在那裏。

一直到杜笑天收住刀勢，他才笑一笑，道：「你的武功還是那樣子。」

杜笑天沒有作聲。

史雙河笑容一斂，猛一聲暴喝，手一揮，提在手中的那個竹籃就向杜笑天迎頭飛去！

杜笑天手急眼快，手中刀再次劈出！

刷一聲，整個竹籃中分成了兩片。

盛在竹籃之中的花葉漫天飛揚，紛紛向杜笑天迎頭落下！一時間滿室花香！

竹籃一飛出史雙河的手，群蛾就齊飛，連靜伏一旁的蛾也都飛了起來。

蛾群全都是追著那個竹籃飛去。花葉一飛揚，群蛾的去勢更加急勁。

那種花對蛾群來說，顯然有著一種難以抗拒的誘惑。

史雙河似乎真的沒有說謊，那種花似乎真的就是那些吸血蛾的食物。

花葉落在杜笑天身上，蛾群亦因而紛紛撲向杜笑天身上。

杜笑天沒有再次出刀，只是身子往後面一縮。

因爲史雙河那隻手一揮，擲出了竹籃，腳步已開始移動！

後面就是石頭一樣的那張桌子，杜笑天那個身子一縮不過半尺，後背已挨上桌沿。

他正要旁移，蛾群已追著漫天降下的花葉紛紛落在他的身上。

杜笑天沒有理會。

史雙河已經踏前三步！

在杜笑天一刀將那個竹籃劈成兩片，花葉漫天飛揚的時候，無疑又是他出擊的一個好機會。

因爲漫天飛揚的花葉已足夠擾亂杜笑天的視覺，他卻仍沒有利用這個機會採取行動。

現在他甚至又再停下腳步。這個人的舉止也實在奇怪。

是不是他又看出杜笑天在他大喝一聲，將那個竹籃擲出之際，已經在準備應付他的突擊？

這片刻之間，最少有二三十隻吸血蛾伏上了杜笑天的衣帽，甚至還有一隻伏上了杜笑天的耳尖。

杜笑天居然沒有理會。他的目光停留在史雙河的面上。

雖然史雙河已經收住腳步，他仍然小心著他。他已經發覺史雙河的眼瞳之中殺機大露！

夜無疑已深，客棧外面是否仍然下著雨？外面的天色又是如何？

縱然外面的天色潑墨一樣，又大雨傾盆，如果由得他選擇，杜笑天也寧可留在外面，這最低限度，他可以遠走高飛。

現在這地牢，即使他背插雙翼，也飛不出去，要離開的話，就只有一個辦法——殺死史雙河！

只不知他是否有這種本領。

夜空藍如水，沒有一片兒雲彩。一輪明月高懸在中央，月光卻是霧一樣。

如此月夜，又是何等美麗。只可惜夜空並不是真正的夜空，明月也並不是真正的明月。

人爲的夜空，人爲的明月，縱然再相似，也不如真正的，天然的美麗。

沒有風，空氣彷彿在凝結。那種妖異的惡臭非獨令人心胸發悶，更幾乎令人窒息。

杜笑天仍然支持得住，手中刀始終緊握。

他盡量穩定自己的情緒，一雙眼睛死盯著史雙河，絲毫也不鬆。

史雙河同樣盯緊杜笑天，眼瞳的殺機越來越強烈。

他雙手已經開始移動，左一掃，右一拂雙袖。每一個動作都是異常緩慢。

杜笑天握刀更緊。

史雙河那麼一掃一拂雙袖，無疑就是表示他準備出手的了。

他卻沒有立即出手，還等什麼？

杜笑天正在奇怪，左耳突然針刺一樣的一痛！他這才想起左耳尖之上停伏著一隻吸血蛾。

那隻吸血蛾是不是已經吐出口中的吸管，刺破那裏的皮膚，吮吸自己的血液。

他又生出了那種體內的血液被啜吸出去的感覺，那種感覺並不好受。

他忙一抬手掃向左耳，那隻吸血蛾啪的被他掃下。

錚一聲輕響即時傳來！史雙河的手中已然多了一隻劍，錚的那一聲，正是劍出鞘之聲！

劍長足三尺，是一支軟劍，寬闊才不過兩指的劍身匹練也似，在月光下閃閃生輝。

劍是從史雙河的腰間抽出來，他的手一抖，抖得筆般直。

杜笑天都看在眼內，他的頭幾乎同時又一痛。

另外一隻吸血蛾已爬上他的後頸，嘴裏吐出的吸管，刺入了他後頸的肌肉。

這一次杜笑天沒有去理會。

史雙河的兵器已經在手，他怎敢再分心！

兵器已經在手，史雙河仍然不出手。

杜笑天忍不住問道：「你不是準備殺我？」

史雙河以指彈劍，道：「我決定了的事情絕不更改！」

杜笑天道：「怎麼你還不出手？」

史雙河道：「因為我在等你出手。」

杜笑天道：「我也是在等你出手。」

史雙河道：「你我這樣客氣下去，這場架如何打得成？」

杜笑天道：「所以我認爲你最好就快出手！」

史雙河道：「恭敬不如從命！」他連隨一聲輕叱！

輕叱聲未落，人劍已飛出，箭一樣射向杜笑天！這一劍並不複雜，劍勢卻實在迅速！

劍上的力道顯然也不小，劍鋒始終筆般直，刺破了空氣，嗤的迸發出刺耳的破空聲！

劍鋒距離尙遠，劍氣已經迫人眉睫！

杜笑天到底也是一個識貨之人，一聽這破空聲響，再看來勢，就知道厲害！

他大叫一聲：「好劍！」一個身子突然矮了半截！

噗的整個人伏倒地上，肩肘、腕、腰、膝一齊用力伏地挺身，疾向史雙河下盤滾去！

刀亦隨著他的滾動滾出了一身刀輪，削向史雙河的雙腳！這是地趟刀法的其中一式！

他本來就是精通地趟刀法！這一滾之間，他最少砍出了十六刀。

刀刀落空，沒有一刀砍中史雙河的雙腳。

刀輪方滾到，史雙河的背後就像是突然長出一雙翅膀，整個身子平空疾向上飛了起來。

他的背後當然不會突然長出了一雙翅膀，只不過他的輕功實在不錯，一吸氣，平空就升高了尺多兩尺高。

這已經足夠。

杜笑天那一個刀輪，就因爲突然多出了尺多兩尺高的距離變了從史雙河腳上滾過！

兩個人身形上下這一交錯，位置便互易！

史雙河淩空落下，腳尖打沾地，反從左脅下刺出！

劍尖一刺出，他的身子已經轉回去，簡直就像是旋轉中的碟子！

這個碟子卻只是一轉，又向著一點前去，一劍之後又一劍，再一劍！接連三劍都落空！

杜笑天並非與他一樣，根本沒有站起來！刀輪雖則滾空，刀勢仍然繼續。

他繼續向前滾去，飛快的滾到地牢那扇門戶之前。

那扇門本來亦漆藍，一關上就和牆壁合成一片夜空，再也分辨不出那裏是牆壁，那裏是門戶。

在那扇門關上之前，杜笑天卻已經將那扇門的位置牢記在心中！

他的記憶力向來很好，現在他的確已是在那扇門戶之前，他這才跳起身子。

這一跳他整個身子就伏向那扇門戶之上，一聲也不響，反肘猛撞去。

那扇門戶紋風不動，他的手肘卻在發痛！是石門！

杜笑天心頭涼了半截。他仍不罷休，雙手抵在那扇門戶之上，左右上下推托！

完全沒有反應，剩下來的半截也涼了。

史雙河的語聲也就在這個時候傳來：「你還想逃走？」

杜笑天應聲回頭，道：「當然想，只可惜沒有辦法將這扇門打開。」

史雙河笑道：「如果你隨便就能夠將這扇門戶打開，我十年苦學，豈非是一種浪費？」

杜笑天試探著問道：「你十年苦學，究竟是苦學什麼？」

史雙河道：「還要問我？」

杜笑天道：「莫非就是機關設計？」

史雙河道：「正是。」

杜笑天不由嘆息，他嘴唇微動，彷彿還有什麼話要問，要說，史雙河又道：「你離開這裏卻也不是完全沒有辦法。」

杜笑天道：「哦？」

史雙河道：「最低限度有一個辦法你可以試一下。」

杜笑天道：「我知道是什麼辦法。」

史雙河似乎不相信，問道：「什麼辦法？」

杜笑天道：「殺你！」

史雙河放聲大笑道：「正是這個辦法，你果然是一個聰明兒童。」

杜笑天道：「本來就是。」

史雙河道：「這個辦法好不好？」

杜笑天道：「好極了，也只有這個辦法，現在才能夠徹底解決問題。」

史雙河點頭。

杜笑天接道：「只可惜這個辦法並不是每一個人都可做得到。」

史雙河道：「你認爲你自己可以不可以？」

杜笑天道：「就算明知不可以，我也要試試。」

史雙河道：「歡迎！」

杜笑天道：「幸好我還有一個補救的辦法。」

史雙河道：「可以不可以說出來讓我聽聽？」

杜笑天道：「沒有什麼不可以。」

史雙河壓低了聲音，道：「到底是什麼辦法？」

杜笑天道：「拚命！」

史雙河大笑道：「原來是這個辦法，歡迎，歡迎，歡迎之至！」

杜笑天道：「這我就不客氣了！」他再次舉步，走向史雙河。這一次是他採取主動。

他腳步起落更加緩慢，一張臉木無表情，手背的青筋卻已根根畢露。

看來他真的準備拚命，事實現在他亦只有拚命這一個辦法。

是不是這就可以殺死史雙河，逃出生天，杜笑天完全沒有把握。

史雙河說歡迎，表現得也實在夠鎮定，一副胸有成竹的樣子。

杜笑天這條命卻還是拚定的了。

夜空始終沒有變，月光也始終一樣，它們根本沒有變化。

花香已經淡薄，空氣中卻多了一股妖異的血腥，吸血蛾的血腥。

血腥從杜笑天身上散發出來，他滾身地上出刀之時，伏在他身上的吸血蛾最少有十多隻給活活壓死。

鮮紅的蛾血染滿了他的衣衫，他實在奇怪自己居然忍受得住沒有嘔吐出來。

即使他真的嘔吐，現在也沒有時間了。

史雙河人劍已凌空飛來！

杜笑天嘶聲大喝，連人帶刀迎上去！他果然在拚命！

他沒有施展擅長的地趟刀法，那張刀在他的手中也根本已沒有刀法。

他揮刀亂砍，簡直就像是劈柴一樣。

刀光在月光下亂閃，刀風虎虎的在地牢中激盪！

周圍的吸血蛾全都被他這一輪刀驚嚇的滿室亂飛。

他只希望能夠將史雙河當做木柴一樣一刀劈開兩片！

斬成幾節當然也一樣可以，他卻是只有希望。

史雙河根本就不是一根木頭。

一輪亂刀雖然將他的劍劈開，將他的人迫退好幾步，並未能將他的人砍倒！

他的步伐甚至也沒有給砍亂。

杜笑天心都寒了，他這邊刀勢一慢，史雙河那邊便迫過來！

劍光一閃，劍鋒繼刀勢的空隙閃入，直取杜笑天胸膛！

杜笑天心急眼快，手中刀急忙招架！錚的一聲居然又給他擋住，第二劍卻又立即刺來！

劍鋒一被架開，便倒捲而回，一捲一彈，又刺向杜笑天的胸膛！劍勢的變化，簡直就像是毒蛇的蛇舌，迅速而刁鑽！

杜笑天這一劍就擋不住了，幸好他的眼睛跟得住，他連忙閃避。

嗤一聲，劍尖刺穿了他肩頭的衣服，但總算給他閃避過去！第三劍又到。

杜笑天這一次只有退後。

史雙河第四劍追蹤刺去，一取回主動，他就把握著不放。

那柄軟劍在他的手中刺出，一劍比一劍迅速，一劍比一劍刁鑽！

第五劍開始，杜笑天根本就沒有招架的餘地，他只有步步後退。

史雙河卻是步步緊迫，一步也不肯放鬆！劍快，劍毒！

十二劍一過，杜笑天身上已經多了一個傷口，衣服上亦多了六個洞。

傷口並不深，在左臂，對他並沒有什麼影響，惟一影響的只是鬥志。

他本來準備拚命，現在這種拚命的心情已經開始崩潰。

對方武功的高強，實在大出他意料之外。

一交手，他就已發覺雙方的武功有一大段距離，再多接幾劍，更發覺這種距離越來越大。

十二劍之下，他幾乎可以肯定就算拚命，眼前也只是一條死路。

他清楚自己的武功，十分清楚，對於別人的武功，他下的判斷向來亦是準確得很。

這未嘗不是一件好事，只是現在這種情形之下，可就大大不好了。

一個人明知道拚命都沒有用，又豈會竭盡全力？

方才他全力搏殺也招架不住刺來的軟劍，再拚力，豈非就更加危險？

現在這種情形之下，最好當然就是拔腳開溜。周圍卻無路可走。

幸好這個地牢夠寬闊，他的身法也還算敏捷！他東閃西避，居然，又再閃避開好幾劍。

史雙河一時間也沒有杜笑天的辦法。他突然收劍，一聲冷笑道：「你不是說跟我拚命？」

杜笑天鬆一口氣，道：「拚不來就不拚了。」

史雙河冷笑道：「拚要死，不拚也要死！」

他的劍冷笑中又刺出，哧的響起了尖銳已極的破空聲！這一劍當然更加狠勁！

杜笑天不等劍到，一個身子已疾往下伏倒。

他伏地滾身，卻不是又施展那一套地趟刀法，也不是滾向史雙河。

一滾他滾到那張石頭一樣的桌子後面，連隨就從地上彈起來！

哧又是一劍，幾乎同時飛過桌面，刺向他的胸膛。

杜笑天一刀架開，哧哧哧又來三劍。

杜笑天手中刀左挑右抹，擋開其中的兩劍，半身同時一沉，第三劍亦躲開。

這一次他招架閃避得從容不迫。下半身有桌子掩護，他只需照顧上半身，當然容易應付得多！

他滾到那張桌子後面正是這個原因。藉著那桌子的幫助，他應該可以支持一個時候。

史雙河看在眼內，又一聲冷笑，道：「隔著桌子我一樣可以殺你！」

杜笑天道：「無論如何，沒有方才那麼容易。」

史雙河道：「是麼？」語聲一落，他又是一劍刺過去。

杜笑天一聲：「來得好！」用刀將那一劍接下。

史雙河冷笑道：「這一劍才算好！」

才字出口，他的人還在地上，好字出口，他的人已在天空！

慘白的明月、暗藍的夜空之下，他的人就像是一隻怒鶴，一片飛雲，卻更像是幽冥出來的惡鬼！

他半空中揮劍，電劍般擊下！

杜笑天舞刀護身，繞著桌子一轉，轉到桌子的另一面。

史雙河半空中一連三劍，全都落空。

三劍出手，他的人已落下。兩人之間仍然隔著那張桌子。

杜笑天那邊立時笑道：「這張桌子原來還有這般妙用。」

史雙河冷笑，人劍又飛入半空。

杜笑天蓄勢以待！哧一聲，史雙河果然又一劍凌空電疾擊下！

杜笑天偏身閃開，腳步已準備移動，手中亦已準備招架。這一次卻只是一劍。

史雙河一劍刺出，就勢凌空一個風車大翻身，竟是向桌面落下。

他若是站在桌面之上，形勢便扭轉。

杜笑天當然不會讓他那麼順利落下，大喝一聲，挺身揮刀砍去。一口氣他連砍三七二十一刀。

史雙河一一消解。

他人在半空，一柄劍施展開來竟然一樣靈活。

接到第二十二刀，他的一隻腳已然踩在桌面之上。

他就用一隻腳支持著身子，身形如飛，桌面之上跳躍騰挪，再加上靈蛇一樣的一隻劍，杜笑天的攻勢雖然兇狠，對他完全都沒有作用。

杜笑天刀勢一緩，他的另外一隻腳就落下。

一穩定身形，他的劍勢更加靈活，再擋杜笑天的兩刀，猛地一聲暴喝，劍就從空門之中刺入！

杜笑天眼快，反手一刀就將來劍接下。

刀劍錚的交擊，沒有彈開，史雙河那柄軟劍的劍鋒剎那突然一捲，蛇也似纏住了杜笑天的刀。

杜笑天大吃一驚，他連忙抽刀。

史雙河的左掌幾乎同時一翻，拍向杜笑天。

相距雖然接近，並不是探手可及，史雙河這一掌根本就拍不到杜笑天身上。

掌風儘管激烈，一樣不足傷人。

杜笑天一瞥之下，卻變了面色！

三十　血蛾飛舞

史雙河左掌的指縫間，赫然閃爍著點點寒芒！

手掌一拍出，寒芒就飛出——暗器！

尖銳已極的破空之聲暴響！

杜笑天大驚失色，一聲驚呼卻還未出口，身上好幾個地方已經鮮血飛激！

相距如此近，一用到暗器，本來就不易閃避阻擋。

杜笑天非獨手中刀給纏住，身形亦已被牽制，更無法抵擋閃避。

此刻史雙河並非突然發難，本身顯然是一個暗器高手！

好像這樣的暗器，一顆已經夠應付，幾顆一齊來，就是杜笑天的刀沒有被史雙河的劍纏著，也一樣應付不了。

暗器的力量相當強勁，穿過衣衫，嵌入肌肉，眨眼間，杜笑天就已變成一個血人。

他的腰背旋即就佝僂起來，面龐的肌肉幾乎全都扭曲。

一下子連挨七八道暗器痛擊，身負七八處重傷，就是鐵人也禁受不住，他的面色已變得蒼白。

七八個傷口一齊鮮血狂噴，這片刻之間，只怕已噴掉他身上三分之一的血液。

史雙河左手擊出暗器，右手亦同時透勁，劍刺裏一抽，錚一聲，杜笑天手中刀就給他抽飛，射入了夜空，奪的釘在夜空中！

他混身的氣力最少也不見了三分之一，但如果他將餘力集中在手上，史雙河未必能夠這麼輕易就將他的刀抽掉。

那會子，他卻彷彿已失魂落魄，他甚至沒有伸手去掩著那些仍然在冒血的傷口。

不過掩亦難以掩得住，他只有兩隻手。

幸好那些暗器都不擊在致命的要害之上，他仍然支持得住沒有倒下去。

也許他就因爲周圍都無路可走，到這個地步只有等死，所以他也就連閃避都沒有去閃避，木然呆立在當場。

他的眼睛都睜的大大，死盯著史雙河的臉龐。

史雙河現在殺他簡直易如反掌，再來一劍就是了。

他卻沒有再出手，橫劍當胸，右手拇食指捏著劍尖，就站在那張石頭一樣的桌子之上，笑吟吟的望著杜笑天，眼睛流滿了譏誚。

杜笑天的眼神卻複雜之極，也不知是恐懼，是詫異，抑或是悲憤。

這片刻，他的面色又白了幾分，身上的衣衫卻更紅，鮮血已濕透他的衣衫。

仍然在地牢中飛舞的群蛾似乎也嗅到了血腥味，一隻又一隻，霎霎的飛向杜笑天，有的就伏在杜笑天的身上，有的就繞著他的周圍飛翔。

鮮血對於牠們的誘惑竟然是如此的強烈。

那些伏在杜笑天身上的吸血蛾是不是就在吮吸杜笑天身上流出來的血液？

對於這些吸血蛾，杜笑天卻竟似完全已沒有感覺。

白月，藍空，碧綠的蛾翅，鮮紅的蛾眼，鮮紅的血液。

散落在地上的花葉，葉是青綠色，花是鮮黃色。

史雙河一身白衣，杜笑天身上的官服則紫黑。

地牢中七彩繽紛，非常的美麗，美麗而妖異。

史雙河的表情也妖異，本來已妖異。

現在就連杜笑天的表情也變得妖異起來。他張口欲言，卻一句話都沒有說出。

史雙河的話反而先來了。「我可有誇口？」

杜笑天應道：「沒有。」他的語聲已不像方才那麼響亮。

一個人流了那麼多的血，還能夠有氣力來說話，已經不容易。

史雙河又道：「你沒有兵刃，身上又中了我的暗器，還能夠怎樣？」

杜笑天道：「等死。」他的確現在只有等死。

史雙河大笑，他大笑著道：「不過你放心，我保證你不會死得很辛苦，因爲我的暗器上從來沒有淬毒！」

杜笑天道：「我知道。」他的面上突然露出了痛苦之色，道：「暗器沒有毒，毒在你心中！」

史雙河道：「無毒不丈夫！」

杜笑天道：「我實在想不到……」

史雙河道：「很多事你都想不到。」

杜笑天點頭，說道：「這到底爲了什麼？」

史雙河道：「你人都快要死了，還問來作甚？」

杜笑天問道：「就因爲快要死了我才非要問一個清清楚楚不可，我實在不想死得不明不白。」

史雙河嘆息道：「你的心意我知道，只可惜我的想法不同。」

杜笑天道：「反正我都已難逃一死，你還就我一次又何妨？」

史雙河道：「本來無妨，可惜現在我已沒有剩下多少時間。」

杜笑天道：「你還有事情，等著去解決？」

史雙河道：「必須去解決。」

杜笑天忍不住又問道：「究竟是什麼事情？」

史雙河道：「你又來了？」

杜笑天不禁一聲嘆息，就連他的嘆息現在都已變得微弱。

他的面色更蒼白，蒼白如死人，身子亦開始搖搖欲墜。

周圍的東西在他的眼中看來，就好像在空氣中飄浮一樣，而且每一樣東西都好像變成了兩份。

史雙河也變成了兩個。

杜笑天知道自己失血實在太多，神智已開始陷入昏迷，他猛的一咬下唇，皮開肉綻。

血從他的嘴角流下，也透過牙縫，流入了他的口腔，他還有疼痛的感覺。

這感覺已不怎樣強烈，但可以令他的神智一清。

他噓了一口鮮血，凝神再望去，這一望，他由心一寒。

史雙河的劍已然舉起！

嗤一聲，劍閃電一樣刺出。

杜笑天眼睜睜的望著那柄劍向自己刺來，一動也不動。他不是不懂閃避，也不是不能夠避閃。

他仍然可以控制，調動整個身體的機能，只是他已絕望。

因爲他知道縱然能夠躲開這一劍，未必能夠躲開第二劍，始終要死在史雙河的劍下。

是以他索性完全放棄掙扎。

史雙河沒有理會，更沒有將劍停下，他顯然已經立下決心，非殺杜笑天不可。

劍既是閃電一樣，自然剎那就刺到！他的劍一直刺入杜笑天的胸膛！血飛激，血量卻不多。

杜笑天體內的血液實在已沒有多少。

那剎那，他感覺就像胸膛突然刺進了一根冰刺，殘餘的血液彷彿全都已開始凝結。

然後他的神智又開始昏迷。他仍然感覺刺痛，這種刺痛的感覺旋即就被憤怒取代。

他突然嘶聲大叫：「我死不瞑目！」叫聲未絕，人已倒下。

史雙河已將劍拔出。

杜笑天本來就無力支持著身子，所以仍然站得穩，不過史雙河這柄劍的支持。

杜笑天並沒有立即就死去。

史雙河那一劍，並不是刺在致命的地方。

是不是那剎那，他突然改變主意，不想杜笑天死不瞑目，才劍下留情，準備告訴杜笑天他所有的秘密？

杜笑天的醒轉，不過是片刻之後的事情。

他是在一連串刺激之下從昏迷的狀態之中突然醒轉過來。

知覺是有了，他卻沒有睜開眼睛，啞聲叫道：「這裏是什麼地方？是不是地獄？」

他竟然以爲已經進入地獄。

一個聲音立時進入他的耳朵，道：「是不是，你何不睜開眼看一看？」

杜笑天勉強睜開眼睛。他的人已經衰弱不堪，連睜開眼睛的氣力幾乎都沒有。

一睜開眼睛，他就看見了一片深藍色的夜空，一輪蒼白的明月。

他的記憶力並未完全衰退。昏迷之前他人在何處，發生了什麼事情，他仍然還有印象。

他立時就知道自己仍在雲來客棧的地牢之內。

他當然想起，那一片夜空並不是真正的夜空，那一輪明月也不是真正的明月。

自己還是在人間。他勉強一轉目光，轉向聲音傳來的那個方向。這一轉他就看見了史雙河。

史雙河木然站立在那裏，左手捧著一個小而長的鐵盒子，右手食拇中指捏著一支五六寸長的銀針。

銀針在月光下閃閃生輝，末端尖銳，頭部卻大的出奇。這種銀針到底有什麼作用？

史雙河拿來這種銀針到底在幹什麼？杜笑天瞪著史雙河，沒有神彩的眼瞳中充滿了疑惑。

史雙河在笑，那種笑容卻令人毛骨悚然。

杜笑天掙扎著想坐起身子，但就連抬頭，都感覺非常困難。

也就在這下，他感覺混身都在痙攣，體內的血液不住在被抽出去。

夜空只得十多隻吸血蛾在飛舞，其餘的哪裏去了？

——是不是都伏在我身上，將牠們的吸血管刺入我的肌肉，吸我的血液，杜笑天竭盡餘力，將頭抬起來。

在他的身上，果然伏滿了成群的吸血蛾，一大片碧綠，無數點血紅。

碧綠的是蛾身，血紅的是蛾眼。

碧綠血紅中銀光閃閃，在他身上，赫然還插著十多支與史雙河拇食中三指之中那支銀針一模一樣的銀針。

銀針的頭部一股鮮血噴泉一樣射出。

那種銀針顯然中空，一插入肌肉內，肌肉的血液就經由針管射出。

針管雖然並不大，杜笑天體內的血液亦所剩無多，十多支那樣的針管同時抽取，並不難抽乾他體內所餘的血液。

杜笑天面色死白，死命的掙扎，一心只想拔去插在上面的銀針，他並不喜歡這種死法。

他卻是只有一個頭還能夠自由移動，雙手彷彿已痳木，完全不接受他的意志控制。

胸腰膝腳也一樣，他甚至轉身都不能夠。

他不禁一聲嘆息，就連抬頭的氣力也在嘆息聲中散去，一個頭於是噗的落回地上。

史雙河看出他在掙扎，道：「你不願意這樣死？」

杜笑天喘息著啞聲道：「願意的是龜孫子。」

史雙河接道：「這樣死其實也沒有什麼不好，我保證你不會死得太辛苦。」

杜笑天道：「你何不讓我死得痛快一點？」

史雙河道：「你希望痛快的死去？」

杜笑天道：「這是我惟一的希望，也是我最後的希望。」

史雙河沉吟著道：「聽你這樣說，如果我不給你一個痛快，未免說不過去。」

杜笑天道：「這就趕快下手。」他的面龐已扭曲，扭曲的不成人形。

鮮血徐徐被抽出的感覺其實並不好，這樣死雖然不怎樣痛苦，亦絕對談不上舒服。

史雙河看著他，忽然一笑，道：「可是這一來，就不像的了。」

杜笑天道：「不像什麼？」

史雙河目光落在群蛾之上，道：「不像被吸血蛾害死的樣子。」

杜笑天恍然大悟道：「你就是這個原因這樣來放乾我的血？」

史雙河並不否認，道：「正是！」

杜笑天道：「你……你又在打什麼主意？」

史雙河道：「沒什麼，只不過要別人相信你的死亡是由於被吸血蛾吸乾了體內的血液。」

杜笑天想想，又一聲嘆息，道：「真有你的！」

史雙河道：「好說。」

杜笑天慘笑接道：「我體內的血液現在大概已所剩無幾，你就是現在下手，也已差不多的了。」

史雙河目光一轉，忽然又一笑，道：「好罷，我就成全你！」

他右手旋即一飛，捏在拇食中三指之間的那支銀針嗤的就射了出去。

月光下銀芒一閃，一脫手就向杜笑天的眉心射了出來！

那支銀針赫然插在他的眉心之上！一針絕命！

杜笑天完全沒有閃避，面上居然還透著一絲笑容，他含笑迎接死亡。

在現在這種情形之下，能夠早一點死亡，對他來說，的確是一件值得高興的事情。

他的眼睛卻仍然沒有闔上，一雙眼睛老樣子睜大，只是眼瞳已完全沒有生氣，呈現出一種令人噁心的恐怖光芒。

史雙河竟然無動於衷，他直視杜笑天反白的眼睛，甚至還笑得出來。

他笑著，道：「你現在已經如願以償，怎麼仍然一樣不瞑目？」

杜笑天完全沒有反應。

死人又豈會有什麼反應？他的口鼻中彷彿冒出了一絲絲淡淡的白氣。

這莫非就是屍氣？月光也不知是否因爲這種屍氣，逐漸也變得朦朧起來。

風在吹，雨在下，風勢並不急，雨勢也不怎樣大。

常護花、傅標、姚坤三人回到衙門的時候，雨勢更逐漸減弱。

減弱的就像是霧，就像是煙。燈光煙雨中也變的朦朧，朦朧的就像是霧夜裏天上的淡月。

三人雨煙中走過一條花徑，兩道月門，終於進入了大堂。

高天祿、楊迅已經等候在大堂之內。除了高天祿之外，大堂之內還有三個人。

兩個一身侍候在高天祿的左右。他們，正是高天祿的兩個近身心腹侍衛。

還有的一個人卻是一身的錦繡，一副公子哥兒的裝扮。

那個人無論怎樣觀察，都不像衙門之人，也不像賓客。沒有賓客在別人的客廳仍頭戴竹笠。

那個人頭上老大一頂竹笠，不過竹笠的周圍還懸著一層紗。

人面隔著一層紗已經不大清楚，竹笠的暗影亦是一層障礙，迷朦的燈光之下，份外顯得他神秘。

到底是什麼人？是不是就是龍玉波？

常護花的目光，落在那個人的面紗之上。那個人，彷彿也隔著面紗在打量常護花。

高天祿那邊即時一欠身，道：「常兄來的倒快。」

常護花應聲轉過頭去，道：「不快，有勞久候，實在過意不去。」

高天祿道：「哪來這麼多客氣話，請坐。」

常護花道：「謝坐。」

兩步上前，在下首一張椅子坐下，正好對著那個錦衣人，目光再落在錦衣人的面紗之上。

高天祿目光一轉，亦轉向錦衣人，道：「這位就是龍玉波公子。」

常護花道：「是麼？」他的語聲之中充滿了疑惑。

錦衣人的面目隱藏在面紗後面，是否龍玉波，他實在不敢肯定。對於龍玉波這個人他並不熟識。

高天祿對龍玉波道：「龍公子對於常兄是否還有印象？」

龍玉波點頭，道：「我的記性向來都很好，尤其是對於名人，除非沒有機會看見，否則一定加以留意。」他一頓，又道：「常兄是名人中的名人！」

常護花一笑，說道：「龍兄何嘗又不是？」

龍玉波道：「常兄對我，只怕不會在意。」

常護花道：「相反，只是現在……」

龍玉波截口道：「現在，我的頭上戴著竹笠，面前垂著紗巾，是以常兄無法肯定。」

常護花道：「正是。」

龍玉波道：「即使我將竹笠取下，常兄未必能夠將我認出來。」

常護花道：「我的記性，相信不比你差。」

龍玉波道：「這與記性，完全沒有關係。」

常護花道：「然則什麼原因？」

龍玉波道：「我的臉龐已不是當年的臉龐。」

常護花詫聲道：「哦？」

龍玉波知道他不明白，探手緩緩抓住頭上的竹笠。

高天祿眉心連隨一蹙，楊迅那邊卻偏過半臉。

常護花都看在眼內，心裏實在覺得奇怪，下意識盯了龍玉波抓住竹笠的那隻手。

那隻手緩緩將竹笠取下來。

竹笠一取下，龍玉波的臉龐就暴露在燈光下。

常護花的心房立時彷彿被人狠狠的抽了一鞭子，整顆心都收縮起來。

姚坤的一個鬼字到了唇邊，幾乎就沒有出口。

暴露在燈光之下的龍玉波那張臉龐簡直就不像是一個人的臉龐，亦不像鬼臉。

常人所描畫的鬼臉，最少也比他那張臉好看十倍。

那張臉就像是一個爛開的西瓜，這卻不是一個通常的譬喻。

西瓜是紅色，那張臉卻是白色。令人毛骨悚然，令人噁心的慘白色，白得像燈光一樣散發著暗啞的寒芒。

臉上已沒有眼眉，也沒有鬍子，眼睛並不是一樣大小，左眼角的肌肉裂開，向下斜裂開

一條溝子，那條溝子深淺也不一，深的地方已露出了慘白色的骨頭。

右眼還像是人眼，左眼就什麼眼都不像，眼瞳乳白色，就像一顆石子。

鼻子只是兩個洞，嘴唇一大半翻起，左邊缺了一片肉，缺口中牙齒隱現。

灰黃的牙齒，部份已崩斷。

頭頂也有一條溝子，隨時似乎都會裂開兩邊，前半截只有疏落的幾根頭髮。

像這樣的一個頭如果還有人認爲是人頭，這個人的腦袋只怕有問題。

常護花他們的腦袋卻全沒有問題。

這個頭的嘴巴正在跟他們說人話，他們不認爲這個頭是人頭也不成。

突然看見這樣的一個人頭，相信誰都難免大吃一驚。

常護花也沒有例外。

龍玉波即時摸著頭頂那條溝子，道：「我這裏本來用線縫著，我那個老婆，卻認爲不縫著比較好看，所以我才將縫線拆下。」

常護花打了一個寒噤，淡淡應道：「哦？」

龍玉波一笑，道：「常兄以前見的我是否這個樣子？」

他不笑還好，一笑嘴角就裂開，肌肉摺疊起來，好像要剝落的樣子。

常護花不忍再看，一聲嘆息道：「不是。」

龍玉波接道：「常兄是完全不認識我這張臉的了。」

常護花沒有否認。

龍玉波又道：「如此我是否龍玉波本人，常兄勢必非常懷疑。」

常護花道：「在所難免。」

龍玉波又是一笑，道：「幸好我還有辦法，可以證明自己的身分。」

常護花道：「什麼辦法？」

楊迅那邊插口道：「他的身上有三條紋龍！」

常護花尚未回話，龍玉波那邊左手一分一卸，已將上半身的衣衫褪至腰間。

他內裏並沒有另外穿衣服。一卸下衣衫，他的半身的肌肉就暴露燈光之下。

他頭下的肌肉才像是人的肌肉。肌肉上果然有三條紋龍。

張牙舞爪，色彩繽紛的紋龍，位置不同，形狀各異，卻全部栩栩如生。

龍玉波目光一落，道：「我排行第三，江湖中人因此稱呼我龍三公子。」

常護花道：「這件事我聽人提及。」

龍玉波接道：「也因此我特別找人在身上紋上這三條龍，我本人實在喜歡龍。」

常護花道：「我也聽說。」

龍玉波又道：「這三條龍是出自京城余夫人之手，圖形卻是我本人設計。」

常護花道：「余夫人的一雙手名滿京城，紋身的技術據講已經登峰造極。」

龍玉波道：「所以我才會找上她。」

常護花道：「以她這樣的高手，自然就心思慎密，模仿力極強。」

龍玉波道：「你是擔心她會替別人刺下這樣的三條龍？」

常護花淡淡道：「這並非完全沒有可能。」

龍玉波點頭道：「你這樣擔心其實也不是沒有道理，不過，有一件事你必須先清楚。」

常護花道：「什麼事？」

龍玉波道：「余夫人替我刺下這三條龍之後不久，一雙手就已癱瘓，以後都不能夠再替人紋身，這三條龍已是她最後作品，我已是她最後的一個客人。」

常護花道：「哦？」

龍玉波笑接道：「所以你儘管放心，天下絕對沒有第二個人身上有我這樣的三條龍。」

常護花忽問道：「你說的之後不久其實多久？」

龍玉波道：「三日。」

常護花道：「這又是多少年之前的事情？」

龍玉波道：「約莫是七、八年之前。」

常護花道：「你好像不大肯定？」

龍玉波道：「七、八年之前的事情誰能夠肯定。」

常護花奇怪道：「怎麼三日你又說得如此肯定？」

龍玉波一笑不答。

三一 北海遺書

常護花又道：「佘夫人一雙手據講向來都非常健全，替你紋身之後三日即癱瘓，這件事倒也巧合。」

龍玉波道：「世間的事情有時就是這樣巧合。」

常護花試探問道：「是不是你擔心她替別人刺下你身上那樣的三條龍，所以請她提早退休。」

龍玉波道：「好像不是。」

「好像？」常護花淡然一笑，道：「龍兄的手段，江湖中早已傳聲。」

龍玉波道：「是麼。」他語聲一沉，道：「我這次到來，並不是爲了七、八年之前的事情。」

常護花頷首。

龍玉波接道：「就僅這三條龍已足以證明我的身分。」

常護花沒有作聲。

龍玉波緩緩將衣衫拉好，又道：「這是否事實並不難查清楚，因爲佘夫人尚在人間。」

常護花沉吟問道：「官差在什麼地方找到龍兄？」

龍玉波道：「在我家中。」

常護花沉吟又道：「以我所知龍兄非獨拳劍上登峰造極，還善用暗器，十二枚子母離魂梭在手中據講已到了出神入化的地步。」

龍玉波笑道：「這是江湖上的朋友往我面上貼金。」

語聲一落，他的手中已多了十二枚長短各半的金梭。

常護花目光落在金梭之上，道：「果然是子母離魂梭。」

龍玉波反問道：「常兄憑什麼肯定就是子母離魂梭？」

常護花道：「第一次我看見你的時候，你正與五嚴雙雄較量武功。」

龍玉波思索著道：「當時，我記得他們兩人糾纏不清，最後還是用上暗器，我一怒之下，也就每人賞了他們一支子母離魂梭。」

常護花道：「我雖然沒有過目不忘的本領，對於特別的東西，印象卻也總是比較深刻。」

龍玉波接問道：「你是否也曾留意我用的是什麼兵刃？」

常護花道：「龍形劍！」這句話出口，他的手中就多了一支長劍。

劍身較一般的來得狹窄，劍脊兩旁全都刻上了鱗片，燈光一閃一閃，竟像活的一樣。

常護花的目光亦一閃，緩緩點點頭。

龍玉波即時問道：「常兄現在對我是否還有疑問？」

常護花頭一搖道：「沒有了。」

龍玉波一面收劍，一面道：「常兄倒小心得很。」

常護花道：「事關重大，怎可以不小心。」

龍玉波淡應道：「一個人到底小心點的好，一個不小心，日後一定會後悔。」話中似乎還有話。

常護花沒有在意，道：「武林中的兵器幾乎就等於生命，除非命都沒有了，否則絕不會讓它落到別人的手上。」

龍玉波一拍插回鞘內龍形劍，道：「這柄劍在我也是一樣，它最少救過我兩次性命。」

常護花道：「所以只有殺了你，才可以得到你那柄龍形劍。」

龍玉波一笑道：「只有這個辦法。」

常護花道：「能夠殺你的人，我看並沒有幾個。」

龍玉波道：「也許有很多個，只不過到現在我仍然都沒有遇上。」

常護花道：「有本領殺你的人根本就不必冒充你。」

龍玉波道：「是以，你根本就不必懷疑。」

常護花的目光立時轉回龍玉波臉上，道：「你的臉怎會變成這樣？」

龍玉波徐徐戴好竹笠，道：「以你看，這是什麼形成的結果？」

常護花道：「是否毒藥？」

龍玉波道：「好眼光。」

常護花道：「什麼毒藥這麼厲害？」

龍玉波道：「五毒散！」

常護花一驚，說道：「毒童子的五毒散？」

龍玉波道：「正是！」

常護花道：「難怪。」

龍玉波道：「中五毒散必死無救，我能保住性命已經萬幸。」

常護花點頭。

龍玉波又道：「他毀我的臉，我要他的命抵償，這趟交易其實也並不吃虧。」

他忽然一聲嘆息，道：「不過我倒也意料不到，臉龐竟變成如此。」

常護花說道：「這個，也不必耿耿於懷。」

龍玉波說道：「很多人，都奇怪我變成這個樣子，居然還有勇氣活下去，卻不知……」

常護花替他接下去，道：「好死不如壞活。」

龍玉波仰天大笑，臉龐又露了出來。他大笑的樣子更難看。

常護花不由又打一個寒噤。

龍玉波笑著又道：「但我若是一個女人，只怕就去跳河。」

常護花道：「一個人最重要的並不是相貌。」

龍玉波道：「話是這樣說，真正這樣想的又有多少人？」

常護花道：「不多。」

龍玉波道：「我現在簡直就像是幽冥出來的惡鬼。」

常護花沒有作聲。

「幽冥出來的惡鬼只怕比你還要好看！」

楊迅這句話險些出口。

高天祿即時插口道：「龍公子的身分，既然已沒有問題，我們現在可以談談崔北海的遺產如何處置了。」

常護花點頭。

高天祿轉顧龍玉波，問道：「對於這件事，龍公子知道多少？」

龍玉波道：「很少。」

楊迅追問道：「所謂很少，到底是多少？」

龍玉波道：「我只從找我的官差口中知崔北海將我列爲他的遺產繼承人。」

楊迅道：「你這就來了。」

龍玉波道：「崔北海是江南首屈一指的大財主，近日我又在鬧窮，他這樣關照，我不來實在對他不起。」

楊迅又問道：「你與崔北海本來是什麼親戚關係？」

龍玉波道：「完全沒有親戚關係。」

楊迅道：「你是他的好朋友？」

龍玉波道：「我只是知道江南地面有他這樣的一個人。」

楊迅道：「完全沒有見過面？」

龍玉波道：「見過兩面。」

楊迅道：「在什麼地方？」

龍玉波道：「如果我記的沒有錯，都是在路上。」

楊迅道：「你怎會知道，他就是崔北海？」

龍玉波道：「第一次我是與好幾個朋友走在一起。」

楊迅道：「你那些朋友，有些人認識他？」

龍玉波道：「正是。」

楊迅道：「你是你那些朋友指點，才知道他這個人？」

龍玉波道：「正是。」

楊迅道：「除此之外你們就完全沒有瓜葛？」

龍玉波道：「沒有。」

楊迅道：「這就奇怪了，他竟然指定你做他的遺產承繼人。」

龍玉波道：「我也覺得很奇怪，所以才走來一看。」

楊迅道：「哦？」

龍玉波道：「這其實才是我來最主要的原因。」

他連隨問道：「崔北海的遺囑到底是怎樣說？」

楊迅道：「遺囑上寫得非常清楚，在他死後，所有的遺產，悉數留給三個人平均分。」

龍玉波道：「還有的兩個是誰？」

楊迅一時竟答不出來，他的記憶力似乎不怎麼好。

常護花替他回答，道：「朱俠、阮劍平。」

龍玉波道：「他們是我的朋友，很好的朋友。」

楊迅接著說道：「都死了。」

龍玉波點頭。

楊迅道：「朱俠是兩年多三年之前病死？」

龍玉波道：「不錯。」

楊迅接著又道：「阮劍平七、八個月之前亦被仇人暗殺。」

龍玉波道：「不錯。」

楊迅道：「對於他們兩人的死亡，你可有補充？」

龍玉波道：「朱俠的確是病死，這一點我可以肯定，因爲我們幾個朋友當時都在病榻之旁。」

楊迅道：「阮劍平的被殺又如何？」

龍玉波道：「對於他的被殺我卻是不大清楚。」

楊迅說道：「根據我們的調查所得，他每月初一、十五，都到城南的飛來寺去吃齋……」

龍玉波道：「飛來寺那個妙手和尚的齋菜實在弄得不錯。」

楊迅道：「你知道他這個習慣？」

龍玉波道：「當然知道。」

他一頓又道：「我還知道他是吃完齋回城的途中被人從背後一劍擊殺。」

楊迅道：「你還知道什麼？」

龍玉波道：「這已是我所知道的全部了。」

楊迅轉問道：「他的仇人你認識不認識？」

龍玉波道：「大都認識。」

楊迅道：「存心殺他的仇人，有哪幾個？」

龍玉波道：「他的每一個仇人對他都是恨之刺骨，每一個都是存心殺他。」

楊迅道：「以你看，哪一個最值得懷疑？」

龍玉波道：「每一個都值得懷疑。」

楊迅道：「其中有沒有與崔北海的遺產有關係的人？」

龍玉波道：「沒有！」

楊迅再問道：「他的朋友？」

龍玉波道：「有。」

楊迅追問道：「誰？」

龍玉波道：「我！」

楊迅道：「我是問你除了你之外。」

龍玉波道：「沒有了。」他連隨一聲輕笑，接道：「崔北海的遺產繼承人，只是我、朱俠、阮劍平三人，朱俠已死，有關係的人豈非就只得一個我？」

楊迅哼一聲，沒有說什麼。

龍玉波接道：「崔北海的遺產到底是怎樣分配？」

高天祿應道：「在他的遺書上清楚的這樣寫著，他死後所有的遺產平均分給你、朱俠、阮劍平三人……」

龍玉波截口問道：「倘若我們三人之中有一個不幸死亡？」

高天祿道：「交給那個人的子孫。」

龍玉波道：「我們三個都死亡的話，則全交給我們三人的子孫平分了？」

高天祿道：「正是。」

龍玉波說道：「但朱俠並沒有成家立室……」

高天祿道：「那麼由你與阮劍平或者他的子孫來均分。」

龍玉波道：「阮劍平亦都是一直獨身，後無繼人。」

高天祿道：「那麼就由你或者你的子孫承受。」

龍玉波一笑道：「很巧，我與他們一樣，一脈單傳。」

高天祿道：「只要你活著就可以。」

龍玉波道：「難道崔北海的所有遺產就由我一個人承受？」

高天祿道：「一些不錯！」

龍玉波一怔，失笑道：「幸好我現在才知道這件事，否則他們兩個的死亡只怕我脫不了關係。」

高天祿一笑。

龍玉波連隨又問道：「如果連我都死掉，崔北海那些遺產又如何處置？」

高天祿接口道：「完全送給他的好朋友——」

他還未說出名字，龍玉波的目光已轉向常護花，道：「是不是常護花常兄？」

高天祿道：「不錯。」他連隨回問：「你也知道他們是好朋友？」

龍玉波道：「當然知道。」

高天祿道：「常兄也是日前才讀到崔北海的遺書。」

龍玉波道：「是麼？」聽他說話的語氣，好像並不怎樣的相信。

常護花聽得出來，道：「你懷疑我殺害阮劍平和朱俠？」

龍玉波道：「沒有這種事情。」他一笑接道：「朱俠毫無疑問是病死，至於阮劍平，以常兄的本領，也根本就不用背後暗算。」

常護花淡笑。

龍玉波倏地一聲嘆息，這樣說：「崔北海留下這封遺書卻也實在沒有道理。」

常護花道：「哦？」

龍玉波道：「他那封遺書實在不應該這樣寫。」

常護花道：「應該怎樣寫才對？」

龍玉波道：「應該前後倒置。」

常護花是哦的一聲。

龍玉波解釋道：「這是說，遺書上應該是這樣寫，在他死後所有的遺產全都留給常兄，常兄萬一有不測，才由我與阮劍平、朱俠三人均分。」

常護花道：「是麼？」

龍玉波道：「這一來，現在我最低限度沒有那麼危險。」

常護花道：「你是擔心我爲了崔北海那些遺產謀殺你？」

龍玉波道：「非常擔心。」

常護花淡笑道：「那些遺產我還未放在眼內。」

龍玉波轉問道：「那些遺產到底有多少？」

楊迅那邊接口道：「七大箱珠寶玉石，黃金白銀，另外奇珍異寶數十件。」

龍玉波聽說，一些反應都沒有。那到底是一個驚人的數目，難得他竟然無動於衷。

常護花一直留意著龍玉波的動態，連隨就問道：「你好像並不放在心上。」

龍玉波笑道：「這對於我來說已不是一種刺激。」

楊迅接口問道：「你無端得到這麼大的一筆財富，難不成一些也不高興？」

龍玉波道：「我擔心都還來不及，如何還高興得出來。」

楊迅道：「你真的這麼擔心？」

龍玉波道：「難道假的？」

楊迅道：「有什麼辦法可以解除你這種恐懼？」

龍玉波道：「將遺書所列的承繼人的次序倒置。」

楊迅道：「只是這個辦法？」

龍玉波道：「正是。」

楊迅道：「這除非崔北海重生……」

龍玉波道：「崔北海如果重生，他的財富卻又不用我來承受的了。」

楊迅道：「這還有什麼辦法？」

龍玉波聳聳肩膀。

楊迅忍不住又問道：「你真的這樣擔心，……常大俠殺你？」

龍玉波又是那句說話，道：「非常擔心。」

高天祿即時插口，道：「常兄豈是這種人。」

龍玉波道：「最好當然就不是。」

高天祿道：「你對他，似乎特別有成見。」

龍玉波並不否認。

高天祿道：「這是心理問題還是另有原因？」

龍玉波道：「怎樣也好，在未接受崔北海的遺產之前，除非我平安無事，否則他休想脫得了關係。」

高天祿、楊迅的目光不由都集中在常護花身上。

常護花並無任何表示。

龍玉波接道：「能夠殺我的，只他一個人，我死後惟一得到好處的亦只他一個人。」

常護花淡笑，道：「武林中臥虎藏龍，能夠殺你的豈會只我一個人，說到崔北海的財富我更就不放在眼內。」

龍玉波道：「放不放在眼內只有你自己才知道。」

他的每一句話都顯然針對著常護花，似乎與常護花有什麼過不去的地方。

常護花卻是若無其事地，也沒有再作聲。

龍玉波還有話說，道：「不過常兄就完全不放在眼內我也不奇怪，因為常兄找錢的本領說不定比崔北海還高明，如此區區之數自然就不當作一回事。」

常護花仍不作聲。

高天祿、楊迅等人的目光不由都落在他們兩人的身上，眼瞳之中都帶著疑惑的神色。

常護花、龍玉波兩人態度與說話實在是有些奇怪。

高天祿方待探問，龍玉波已轉向他，道：「既然我的身分證實已沒有問題，應該就是崔北海遺產合法的繼承人了。」

高天祿道：「不錯。」

龍玉波說道：「現在我是否可以去看看崔北海遺留給我的那些珠寶玉石，黃金白銀。」

高天祿一怔道：「現在？」

現在是什麼時候？

楊迅插口道：「現在已經是夜深，還是明天去好了。」

龍玉波道：「說方便當然就是明天，不過……」

楊迅截住了他的說話，道：「我知道你心裏急著想儘快去一看，不過就算急，也不急在這一夜。」

龍玉波立時一笑，道：「反正是自己的東西，現在明天去其實都是一樣。」

楊迅道：「可不是。」

龍玉波道：「我卻擔心有失。」

楊迅大笑搖手道：「我還以爲你擔心什麼，原來擔心這件事。」

龍玉波道：「那些金銀珠寶放在什麼地方？」

楊迅道：「書齋內。」

龍玉波道：「以我所知他並不是這樣粗率的人。」

楊迅道：「你以爲他就將那些金銀珠寶隨隨便便的放在那裏？」

龍玉波道：「難道不是？」

楊迅搖頭道：「當然不是。」

他一頓接道：「在書齋的地底下，有一個地下室。」

龍玉波道：「他是將那些金銀珠寶藏在地下室？」

楊迅點頭。

龍玉波道：「地下室的進出口當然很秘密。」

楊迅道：「當然。」

龍玉波道：「只要有充足的時間，再秘密也一樣可以找出來。」

楊迅道：「你放心，地下室的進口佈滿了機關，不先將機關封閉就踏入，必死無疑。」

龍玉波道：「那麼先將機關封閉就成了。」

楊迅道：「這談何容易。」

龍玉波道：「怎麼？」

楊迅道：「你可知道崔北海是哪一個的弟子？」

龍玉波道：「哪一個？」

楊迅道：「玄機子！」

龍玉波一怔，說道：「我知道有這個人。」

楊迅道：「還知道什麼？」

龍玉波道：「還知道他精通機關消息。」

楊迅道：「崔北海是他嫡傳弟子，你以爲，他會不會將這方面的學問，傳給他？」

龍玉波道：「一定會。」

他沉吟又道：「崔北海安排在書齋內的機關相信也一定很精細，很厲害。」

楊迅的心中猶有餘悸，連連點頭道：「的確很精細，很厲害。」

龍玉波道：「那些機關，當然一直開啓。」

楊迅道：「否則又設來何用。」

龍玉波又道：「你們當然有進去過那個地下室。」

楊迅道：「嗯。」

龍玉波連隨又問道：「你們怎能夠進去？」

楊迅目光轉向常護花，道：「這完全有賴常兄幫忙。」

龍玉波道：「是麼？」

楊迅接說道：「常兄與崔北海是老朋友，對於機關方面，自然也有研究。」

龍玉波道：「你們離開之後有沒有將機關重新開啓？」

楊迅一點頭，方待說什麼，龍玉波已搶著說道：「在外面也有加派官差看守的了。」

楊迅道：「嗯。」

龍玉波旋即轉顧常護花道：「常兄這幾天在什麼地方？」

常護花道：「大半時間，在那個書齋內。」

龍玉波脫口問道：「你耽在那裏幹什麼？」

常護花道：「查案。」

龍玉波道：「常兄什麼時候投入公門，怎麼江湖上完全沒有消息？」

常護花道：「我並沒有投入公門。」

高天祿接上一句，說道：「常兄這次是應崔北海之邀到來，可是，他到來之時，崔北海已經死亡，死亡的原因匪夷所思，到現在仍未能找出真相，是以才留到現在。」

龍玉波道：「沒有其他的目的？」

這個問題只有常護花能夠回答，常護花卻一些反應都沒有。

龍玉波盯著常護花，又問道：「常兄這樣落力到底爲了什麼？」

常護花淡淡的道：「只爲了崔北海曾經是我的朋友。」

龍玉波道：「我知道你們曾經是很好的朋友。」

常護花點頭。

龍玉波接道：「我卻也知道，你們三年多之前已經反目，之後一直都沒有再來往。」

常護花一聲冷笑道：「你知道的倒也不少。」

龍玉波道：「的確不少。」

常護花道：「你是否也知道他曾經救過我的命，到現在我仍然沒有機會還他那份情？」

龍玉波道：「那就不知道了。」

他嘿嘿一笑，才接上說話，道：「這實在是一個很好的理由。」話中顯然還有話。

常護花沒有理會。

龍玉波目光一轉，道：「若不去一看，我實在放心不下。」

高天祿沉吟應道：「既然你是崔北海財產合法的承繼人，當然有權去一看崔北海留給你的財物，雖則現在是不太方便，你一定要去的話，亦未嘗不可。」

龍玉波笑道：「人說高大人通情達理，果然是通情達理得很。」

三二 七箱珠寶

高天祿淡淡一笑，道：「反正是閒著，我也一起去看看。」

龍玉波一怔。

楊迅一旁卻大驚，搖手道：「大人千萬不要去。」

高天祿道：「爲什麼不要去？」

楊迅道：「地下室機關密佈，隨時都會有生命危險，大人是什麼身分，豈可以走去那種地方？」

高天祿道：「我正要見識一下那些機關。」

楊迅道：「這個……」

高天祿截口道：「何況還有常兄一旁打點，就算危險也不會危險到那裏去。」

楊迅道：「這個……」

高天祿截口道：「不要這個那個了，你立即去傳我的命令，著人準備轎子。」

他說得非常堅定。

楊迅只好點頭一聲：「遵命。」

高天祿連隨又吩咐道：「普通轎子好了，我不想太驚動。」

楊迅道：「人手方面？」

高天祿反問道：「杜笑天已回來了沒有？」

楊迅道：「我與龍公子進來之前，已曾著人去找他，卻仍然沒有回來，現在可就不知了。」

高天祿道：「你順便著人一問，如果還沒有回來的話，就你與姚坤兩人隨我去算了。」

楊迅又一聲遵命，退出了大堂。

高天祿目送楊迅，沉吟道：「杜笑天到底去了什麼地方？」

常護花聽在耳內，道：「也許他真的有所發現。」

高天祿道：「如是這樣，更應該通知一聲。」

常護花道：「或者他是在途中突然發現線索，又必須追下去，根本沒有時間先通知一下。」

高天祿微喟道：「孤身犯險，不難出事，那一來就算真的是有所發現，於事亦無補。」

常護花道：「杜捕頭向來謹慎小心，這一次一定會更加小心謹慎。」

高天祿道：「只怕他怎樣小心謹慎亦無用。」

他一頓，又道：「要知道我們現在要應付的並不是一個普通兇犯。」

常護花道：「不過事情到這個地步，我們就是擔心也擔心不了。」

高天祿點頭輕嘆。

常護花也沒有再說什麼，仰眼窗外望去。

窗外夜色深沉。

雨已經停了，風仍急，雲卻已開始消散。

雲開見明。

常護花只希望事情現在開始亦明朗。

杜笑天是不是真的已有所發現？

常護花不知道，有誰知道？只有一個人！

杜笑天的確有所發現。

只可惜無論他發現了什麼，也已無法將之帶回來。

事情在常護花他們來說，亦不是現在開始明朗，反而更複雜。

尤其常護花，再回到聚寶齋的時候，一個頭最少大了兩倍。

聚寶齋又已出事！

出事的地方就是聚寶齋之內那個地下室之中。

地下室的機關完全沒有問題，但到他們進入地下室，一室的珠寶玉石、黃金白銀竟然完全消失。

煙一樣的完全消失。

地下室的事實完全沒有問題。

常護花用力震開壁內的機括，那兩扇著彌勒佛與千手觀音的木刻的暗門就一起打開。

他握著千手觀音結印在膝上的那一雙母陀羅臂往上一托，千手觀音面上那一雙清淨寶目之中的瞳仁格的就從眼眶之內彈了出來。

那一對瞳仁其實是兩條鐵支。

將鐵支由左推到右，一陣鼠群正在用爪撕噬著屍體的聲響即從甬道之內傳出。

並沒有鼠群出現，那種聲響只是甬道之內有的機關在陸續關閉。

常護花已經有過一次經驗，這一次自然比上次都變得簡單。

那種怪異的聲響過後，他隨即舉步踏進暗門。

沒有亂箭，沒有飛刀。

一切的機關正如前次一樣，在常護花推動千手觀音那一雙鐵鑄的瞳仁之後，完全關閉。

楊迅第二個跟了上去。

在高太守面前，他這個總捕頭無論如何都非要大膽一些不可。

何況他已經知道跟在常護花後面，實際上安全得多。

龍玉波是第三個。

他小心翼翼，緊跟在楊迅後面。

沒有人看見他面上的表情。

他並沒有脫下戴在頭上的那頂垂著紗的竹笠。

即使他將竹笠脫下，只怕也沒有人能夠分辨得出他面上的表情。

像那樣的一張面龐，根本已沒有所謂表情。

他兩步跨前，就說道：「這個機關倒精巧。」

在他前面的楊迅嗯的應了一聲。

常護花卻沒有任何的表示，繼續走前去。

龍玉波說話的對象卻是常護花，他見常護花沒有反應，立時提高了嗓子，道：「常兄沒有聽到我的說話？」

常護花道：「你是對我說話？」

龍玉波道：「正是。」

常護花道：「楊總捕頭卻是已經替我應了。」

龍玉波道：「我還有話。」

常護花聞言停下腳步，道：「有話請說。」

龍玉波道：「一面走一面說無妨。」

常護花道：「我沒有這膽子。」

龍玉波道：「哦？」

常護花道：「這裏有些機關我還沒有完全弄清楚，說話一分心，行差踏錯，我們幾個人就遭殃了。」

龍玉波還未接上說話，走在兩人之中的楊迅已叫了起來：「有話說到上面，或者回頭去說好了，崔北海這些機關可不是鬧著玩的。」

龍玉波笑道：「你好像已經知道這些機關的厲害。」

楊迅道：「我當然知道。」

龍玉波道：「莫非你已經吃過這些機關的苦頭？」

楊迅脫口道：「上次我幾乎就給這些機關弄出來的亂箭射成刺蝟。」

龍玉波道：「你到底挨了多少箭？」

楊迅道：「一箭都沒有。」

龍玉波道：「你的本領也不小。」

楊迅道：「本來就不小，不過常兄不是旁邊及時拉我一把，就是變成半隻刺蝟也不奇怪。」

龍玉波道：「這一次你緊跟著他敢情就是這個道理？」

楊迅道：「我……」

龍玉波笑笑道：「你實在是一個聰明人。」

楊迅索性閉上了嘴巴。龍玉波也沒有再說下去，轉望著常護花。

常護花即時道：「你到底有什麼話對我說？」

龍玉波道：「也沒有什麼，只不過想知道你對於這裏的機關怎會這樣熟悉？」

常護花道：「誰說我熟悉了？」

龍玉波道：「現在你不是輕而易舉就將暗門打開，機關封閉，隨隨便便走進來？」

常護花道：「這是事實。」

龍玉波道：「如果不熟悉，怎會這樣的輕易？」

常護花道：「先刻你一定聽漏了一句話。」

龍玉波道：「什麼話？」

常護花道：「此前，我們已經進來一次。」

他冷笑，又道：「有過一次的經歷，再來一次自然就輕易得多。」

龍玉波道：「是麼？」

常護花道：「你還有什麼想知道？」

龍玉波又問道：「前後你一共進來過多少次？」

常護花道：「連現在這一次，一共是兩次。」

龍玉波道：「這是說那一次之後，你沒有再進入這個地方？」

常護花道：「沒有。」

龍玉波道：「這幾天你在聚寶齋，難道一直都沒有再研究這個地下室？」

常護花道：「沒有。」

龍玉波道：「難道你認為這個地下室根本已沒有問題？」

常護花道：「不是。」

龍玉波道：「那麼什麼原因？」

常護花道：「這幾天高大人並沒有時間，楊杜兩位捕頭，亦沒有空閒。」

高天祿在後連續接上說道：「事實是這樣，這幾天城中又出了好幾件案子，恰巧上頭又有公文發下來，需要我親自打點幾件事，我固然抽不出時間來，楊杜兩位捕頭亦忙的不可開交。」

龍玉波道：「這個又有什麼關係？」

常護花道：「大有關係，一室都是金銀珠寶，沒有可以作得主的官府中人在一旁，我實在未便入內。」

龍玉波道：「你是避嫌。」

常護花道：「不錯。」

龍玉波轉問道：「這幾天你在聚寶齋查勘，是否也有官府中人追隨左右？」

常護花道：「有。」

姚坤後面即時接上一句，道：「這幾天我一直在常大俠左右。」

龍玉波回頭道：「奉命？」

姚坤不由面露尷尬之色，沒有回答。

這無疑就是默認。

龍玉波鑑貌辨色，說道：「是誰的命令？」

姚坤仍沒有回答，楊迅替他回答道：「是杜笑天的主意，他認爲，這樣比較妥當。」

龍玉波道：「他並不信任常護花？」

楊迅道：「無論什麼案子，未破之前，任何人他都不會信任。」

龍玉波道：「這個人的疑心，倒是不輕。」

楊迅道：「最低限度比我重幾倍。」

龍玉波淡淡笑道：「空穴來風，豈會無因，他這樣懷疑，是必有他的見地。」

楊迅道：「也許。」

龍玉波道：「再問書齋之內，官府又有沒有派人看守？」

楊迅道：「有四個。」

龍玉波道：「如何看守？」

楊迅道：「他們輪流値班，日夜不離書齋半步。」

龍玉波接問道：「他們的人如何？」

楊迅道：「武功雖然不大好，卻是我的手下之中相當聰明機警的四個。」

龍玉波又再問道：「他們比較姚坤如何？」

楊迅道：「自然是姚坤優勝一籌。」

龍玉波忽然一笑，道：「只希望他們五人能夠看得住常護花。」

楊迅沒有說話，也不知道應該如何說話。

事實上對姚坤五人他也並沒有多大的信心。

因爲他見識過常護花的身手。

常護花同樣沒有說話，卻一聲冷笑。

龍玉波亦再一笑，笑顧常護花，道：「以常兄身手，有沒有把握避開他們五人的耳目？」

常護花冷笑不答。

龍玉波替他回答，道：「當然有把握，只要常兄你喜歡，莫說五人，就是五十人，相信亦未能夠看得住。」

常護花只是冷笑。

龍玉波還有話說，又道：「現在，你最好就希望那些金銀珠寶，仍然在地下室之內。」

常護花道：「我當然希望。」

龍玉波道：「否則的話我可就替你擔心了。」

常護花道：「你儘管放心。」

龍玉波道：「在未見到那些金銀珠寶之前，我絕不放心。」

常護花冷笑再次舉起了腳步。

甬道不過兩丈長短。

常護花再上幾步，已經來到甬道的盡頭。

在他的面前是一道石級。

石級並不長，不過三十級。

石級的盡頭是一道石門，左右打開，淡澹的燈光正從石門之內透出。

常護花拾級而下，看到了左右打開的那兩扇石門，整個人就呆住在當場。

他清楚記得，上次他們完全是因爲門那邊格格格的一陣異響倉惶離開。

在他們衝出石門之後，那兩扇石門就左右緩緩關上。

可是那兩扇石門現在卻又打開。

這到底是什麼原因？

是不是那兩扇石門還有時間裝置，到了一定的時間就會左右關閉，而過了那時間又會再次開啓？

又莫非地下室的內外還有什麼巧妙的裝置，在他們進出之時不覺觸動了，因此影響到那兩扇門的開關？

他不能肯定，也不大相信天下間有人能夠在這裏造得出這樣巧妙的機關。

因爲這個聚寶齋之內並沒有充足的水流，書齋的內外亦沒有任何能夠利用風力的裝置。

機關缺乏動力，根本無法發動。

除了風力與水力之外，他實在想不出還有什麼力量能夠推動機扭，使兩扇那麼厚，那麼重的石門自行開關。

玄機子這個崔北海的師傅也許別出心裁，有他的一套，能夠不倚賴任何外來的動力。

崔北海這個玄機子的徒弟也許會例外。

在現在來說，常護花都不能不懷疑。

他從來都沒有見過這樣的機關。

楊迅在後面也看見了。

他脫口叫了出來，道：「這兩扇石門不是已經關閉的了，現在怎麼又開啓？」

常護花搖頭道：「我也不懂。」

楊迅道：「莫非真的出事了？」

常護花皺眉道：「進去方知。」

楊迅連忙道：「那麼，快進去瞧瞧。」

他說得響亮，一雙腳都好像在地上長了根一樣，一動也一動。

他不動，常護花動，一個箭步進石門之內，燈光之中。

一室的金銀珠寶哪裏去了？

燈光依舊，石室的陳設也沒有改變，一室的金銀珠寶卻已完全消失，一件都不見。

常護花身形方落，人又呆住在當場。

一樣的燈光，淡澹如曉月。

帷幕織錦，厚厚的地氈殷紅如鮮血，輕柔如柳絮，石室中的陳設無一不華麗。

燈在石室的中央。

八盞長明燈七星伴月般掛在一個環形的銅架上。

銅架則勾懸在石室的頂壁下。

七星無光，一月獨明，八盞燈只是燃著了正中的一盞。

一切與常護花他們第一次進入這個石室的時候所看見的完全一樣。

燈下的七椅一桌，周圍二三十張形狀各異的几子，似乎也都是放在原來的位置。

桌面上本來放著十四卷記事的畫軸，一封崔北海的遺書，這些都已經在第一次他們離開這個石室的時候拿走，帶回衙門呈交高天祿過目。

他們都沒有帶走放在那些几子上的奇珍異寶。

那些几子之上本來放著鴿蛋一樣大小的明珠，烈焰一樣輝煌的寶石……現在卻全都空著。

一室的珠光寶氣蕩然無存，整個石室籠罩著一種難言的淒清寂寞。

堆放在牆角那七個滿載金銀珠寶的箱子幸好還在。

常護花的目光落在那七個箱子之上。

他正想舉步走前，楊迅已然奔馬一樣從他身旁衝過。

他一面喜色，一直衝到牆那邊。「幸好這七箱金銀珠寶還在這裏。」

他的手放在箱子上，一面的喜色更濃。

他歡喜得未免太早。

一個人歡喜之下，往往都會疏忽了很多事情，何況他本來就是一個粗心大意的人。

他完全沒有留意到鎖著那七個箱子的七把大銅鎖全都散落在地氈之上。

那些銅鎖本來就只是虛鎖著，所以那一次他們輕易將銅鎖拿下，將箱子打了開來。

可是他們在蓋回箱子之後，都是將銅鎖放回原來的地方。

現在銅鎖都是在地氈之上。是誰將那些銅鎖拿下？

楊迅沒有在意，常護花卻在意。他的雙眉終於皺了起來。

楊迅那卻已準備將箱子打開。

他雖然粗心大意，可是到他的手摸上扣子，亦發覺有些不對路了。

「這些箱子不是全都用銅鎖扣著？」

他的目光一落下，到底看到了散在地氈之上的銅鎖，更覺得奇怪。

「我記得我們上次離開的時候，已經將那些銅鎖放回原處。」他畢竟記起來了。

「也許是那個賊將銅鎖拿下，不過他未必就來得及，也未必就有力氣將七箱子那麼多金銀珠寶一下搬走。」

他自我安慰，面上已淡了幾分的喜色又濃了起來。

這剛濃起來的喜色立即又淡下去。

他已經將箱子打開，是空的箱子。

他趕緊將這個箱子拿過一旁，回身將第二個箱子打開。

第二個箱子之內一樣一無所有！

三三　金鵬往事

「怎麼完全是空的！」楊迅怪叫一聲，整個人彷彿變成了一隻猴子。

砰砰砰一陣亂響，所有箱子全都給他搬下來，一個個打開。

應了他那句話，所有的箱子完全都是空的。

楊迅整張臉都僵硬，整個人都僵硬。

這一動一靜，竟然是如此強烈，就連常護花都給他嚇了一跳。

楊迅一靜，整個石室亦靜下來。所有人的目光，都落在那七個箱子之上。沒有說話，沒有動作，只有呼吸聲此起彼落。也不知過了多久，才有人打破這種靜寂。

這個人是龍玉波。第一句話他就問：「珠寶呢？珠寶在什麼地方？」他的語聲急速而尖銳，亂箭一樣石室中四射。其他人全都驚動。

楊迅第一個回答，他一手指著那些箱子，還有的一隻手卻四下亂指，道：「上次我們離開的時候，那些珠寶仍然放在這七個箱子之中、那二十三張几子之上，可是現在全都不見了！」

龍玉波大聲道：「真的？」

楊迅雙手抓頭，嘶聲叫道：「當然真的！這到底是怎麼回事？」

龍玉波突然一聲冷笑，道：「要知道怎麼回事，得問一個人！」

楊迅道：「誰？」

龍玉波目光霍地一落在常護花面上，戳指道：「他！」

楊迅一隻手不由的亦指了過去，道：「他？」

龍玉波道：「就是他，這件事只有他才知道！」

他兩步上前，手指幾乎指到常護花的鼻子上，道：「你到底將那些珠寶拿到什麼地方去？」

常護花面無表情，冷冷道：「我沒有拿走珠寶！」

「你沒有拿走！」龍玉波仰天大笑。他的笑聲中充滿了譏誚的意味。

常護花不笑也不怒。

龍玉波的笑聲忽一落，他將手收回，叉在腰枝上，正想說什麼，楊迅那邊已叫道：「你憑什麼肯定一定是他將那些珠寶取走？」

龍玉波道：「憑什麼？」

楊迅道：「不錯，憑什麼？」

龍玉波道：「三個理由！」

楊迅道：「你說來聽聽。」

龍玉波道：「第一，只有他才能瞞過留守在書齋之內那些官差的耳目！」

楊迅點頭道：「他的身手無疑是非常輕捷。」

他卻又馬上搖頭，說道：「這個理由並不充份，因爲武功好的人，並非只得他一個。」

龍玉波也不分辯，接道：「第二，只有他才懂得將暗門打開，將機關封閉，進來這個地下室。」

楊迅連連點頭道：「這個理由好得很，還有沒有更好的理由？」

龍玉波道：「還有一個。」

楊迅道：「你不是說過有三個理由，第三個理由又是什麼？」

龍玉波盯著常護花，目光如電，道：「他本來就是一個賊！」

除了常護花，所有的人幾乎都一怔。

楊迅面上露出了懷疑之色，道：「你說他是一個賊？」

龍玉波一再點頭，道：「而且是一個大賊！」

楊迅道：「話可不能亂講！」

龍玉波道：「你以爲我這種人也會亂講話。」

楊迅道：「然則你有什麼證據？」

龍玉波道：「什麼證據我也沒有。」

楊迅又一怔。

龍玉波接道：「一個賊做案之後，如果有證據留下，根本就不配稱爲大賊。」
楊迅道：「那麼你怎會知道他是一個大賊？」
龍玉波道：「我窮三年之力，綜合所有證據，才膽敢如此肯定！」
楊迅忽然上上下下的打量了龍玉波幾眼，道：「你好像並不是官門中人。」
龍玉波道：「本來就不是。」
楊迅道：「既然不是，怎麼你這樣調查一個人。」
龍玉波道：「我非調查不可！」
楊迅道：「爲什麼？」
龍玉波道：「我與他有過節。」
楊迅道：「什麼過節？」
龍玉波道：「他曾搶過我的東西！」
楊迅接問道：「什麼東西？」
龍玉波道：「價值連城的珠寶玉石，黃金白銀。」
楊迅道：「有這種事情？」
龍玉波道：「我這個人沒有什麼優點，就是不大喜歡說謊。」
楊迅哦一聲接道：「就因爲他搶去了你價值連城的珠寶玉石，黃金白銀，所以你那樣調查他？」

龍玉波道：「正是！」

楊迅微微頷首，道：「這件事，只怕就是事實，否則相信你絕不會調查他整整三年！」

龍玉波道：「絕不會！」

他冷笑一聲又道：「不過我卻也不是三年的時間都是調查他一個人。」

楊迅又是「哦」的一聲。

龍玉波道：「除了他之外，我同時還在調查另外一個人。」

楊迅道：「那個人又是誰？」

龍玉波道：「崔北海！」

楊迅第三次怔住。

龍玉波冷笑接道：「這本來不必三年的時間，問題在三年前他們兩個人便已經鬧翻，一南一北，我分身乏術，一個人奔波往返，不覺就三年。」

楊迅試探著問道：「莫非崔北海也是一個賊？」

龍玉波道：「一個大賊！」

楊迅道：「聽你的口氣，崔北海好像就是常護花的同黨！」

龍玉波道：「正是。」

楊迅突然板起了臉道：「有一件事情你必須先弄清楚！」

龍玉波道：「什麼事情？」

楊迅一字字的道：「你所說的話必須完全負責。」

龍玉波沉聲道：「這個當然。」

楊迅這才轉回原來的話題，道：「你是說常護花、崔北海兩人合夥搶去你價值連城的大批珠寶玉石，黃金白銀？」

龍玉波道：「那些珠寶玉石，黃金白銀其實也不是我一個人的東西。」

楊迅道：「然則是幾個人的東西？」

龍玉波道：「三個人。」

楊迅道：「還有的兩個是誰？」

龍玉波道：「阮劍平，朱俠！」

楊迅恍然大悟道：「怪不得崔北海遺書將他所有的財產留給你們三人平分。」

龍玉波道：「這只是還給我們，亦所謂物歸原主。」

楊迅道：「你說的簡直跟真的一樣。」

龍玉波道：「如果你還有懷疑，不妨一問常護花。」

楊迅的目光立時轉到常護花的身上，話都還未出口，龍玉波已然盯著常護花，冷冷的道：「大丈夫敢作敢爲，也應該敢認。」

常護花冷笑一聲，說道：「你儘管放心！」

龍玉波道：「能夠放心最好。」

楊迅連隨接上口，道：「難道你真的是一個賊？」

常護花竟然點頭，說道：「可以這樣說。」

楊迅問道：「崔北海也是？」

常護花道：「也是！」

楊迅嘆了一口氣，道：「我倒是看錯了你。」

常護花淡笑不語。

楊迅又問道：「三年前你是否真的與崔北海聯手合謀，劫去了龍玉波他們三人的財物？」

常護花頷首。

楊迅瞪著他，道：「也就是放在這個地下室之內的東西？」

常護花道：「差不多。」

楊迅道：「差不多？還有的在什麼地方？在你那裏？」

常護花道：「我那裏一件都沒有。」

楊迅道：「哦？」

常護花道：「那些東西由始至終一件都沒有在我手上。」

楊迅道：「全都給崔北海拿去了？」

常護花道：「不錯。」

楊迅道：「那次的劫案，到底由誰策劃？」

常護花道：「由他。」

楊迅道：「你這個同黨究竟得到了什麼好處？」

常護花道：「什麼好處也沒有，反而失去了一樣東西。」

楊迅道：「什麼東西？」

常護花道：「朋友，一個朋友！」

楊迅道：「崔北海？」

常護花默然。

楊迅瞪著他，搖頭道：「你這個大賊看來做得並不高明。」

常護花淡笑。

楊迅一再搖頭道：「難道你就由得他帶走？」

常護花道：「他走了之後很久我才覺察。」

楊迅又搖頭，道：「你的身手雖然輕巧，頭腦還是不夠靈活。」

常護花道：「不是不夠靈活，而是一直都有病，老毛病。」

楊迅眼睛下意識往上一抬，道：「什麼老毛病？」

常護花道：「太過信任朋友，尤其是老朋友。」

楊迅道：「信任朋友也是病？」

常護花頷首，道：「而且是死症。」

他淡然一笑，又道：「幸好我這個病已經痊癒得十分之八。」

楊迅緊接又問道：「怎麼你不去追回來？」

常護花又是一笑，說道：「反正不是自己的東西，他既然喜歡，由得他拿去好了。」

楊迅道：「對於別人的東西，你倒是慷慨得很。」

常護花道：「何況因此而認識一個朋友的真面目，豈非已經是一種收穫？」

楊迅一點頭，倏地板起了臉孔，說道：「你又可知，爲非作歹一定要受法律的制裁？」

常護花道：「知道。」

楊迅微微一怔，大聲道：「知法犯法，罪加一等，你又知道不知道？」

常護花道：「知道。」

楊迅道：「你……」

一個你字才出口，常護花已然截斷他的說話，道：「對於法律方面相信你一定非常明白。」

楊迅一挺胸膛，道：「當然。」

常護花接道：「那麼我先請教你一個問題。」

楊迅道：「說！」

常護花道：「打劫賊贓是否犯法？」

楊迅又一怔，道：「這個……」

黑吃黑一樣犯法！

常護花笑笑，道：「如果將我當作賊，這個當然就是黑吃黑。」

高天祿亦是一笑，道：「只要是據為己有，一樣叫做黑吃黑。」

常護花道：「不據為己有，就不是了？」

高天祿道：「只有送到官府，發回原主才不是。」

常護花道：「是這樣的話，我這個賊名是無法開脫的了。」

高天祿頷首道：「我知道江湖上俠義中人，向來有所謂鋤強扶弱，這其實完全都是犯法的行為，懲惡除奸應該是官府的事情，是官府的責任。」

常護花道：「應該是的。」

高天祿忽然嘆息一聲，道：「只可惜官府中人大都膽小怕事，負責的實在不多，而官場黑暗，縱然有膽大負責的人，亦未必能夠放得開手腳。」

常護花道：「這一點我明白。」

高天祿嘆息又道：「是以江湖上還少不了鋤強扶弱的俠義中人，對於這些人，只要與官府方面沒有直接發生摩擦，官府方面一樣都不會加以干涉。」

常護花道：「似乎就是如此。」

高天祿接道：「這些人的作為在法律上雖然說不過去，人情卻是大有道理。」

他一頓，緩緩接上一句，道：「法律不外乎人情。」

常護花笑道：「這我可放心了。」

楊迅連隨接上口道：「你方才說是打劫賊贓，難道龍玉波、阮劍平、朱俠三人也是賊？」

常護花道：「你不問他？」

他目注龍玉波，接道：「大丈夫敢作敢爲，也應該敢認，可是你說的。」

龍玉波嘿嘿一笑，說道：「你一樣放心。」

常護花道：「當然。」

龍玉波說道：「這件事，其實是這樣的……」

楊迅搶著道：「怎樣？」

龍玉波沉吟著道：「金雕盟這個名字你是知道的了？」

楊迅變色道：「漠北金雕盟？」

龍玉波道：「正是！」

楊迅道：「以我所知道，那是一個龐大的犯罪組織。」

龍玉波點頭，道：「它是由所謂十二金雕的十二個武功高強，無惡不作的大賊統率，盟下總共有千多二千個來自各地的盜匪。由於他遠處漠北，又人多勢眾，官府方面一直都沒有它的辦法。」

楊迅道：「不錯，是這樣。」

龍玉波道：「十二金雕南奔北走，東搶西掠，十多年下來，實在收集了不少金銀珠寶，他們將這些珠寶堆積在盟中一個秘密的地方，而且在外面設下了重重機關，這也就是所謂金雕盟寶藏。」

他歇了一歇，接下去道：「消息傳出去，不少人都在打那個寶藏的主意，卻沒有人敢採取行動，因爲十二金雕聯手，能夠抗拒的人，非獨萬中無一，千萬中亦無一。」

楊迅道：「真的有這麼厲害？」

龍玉波冷冷道：「你可以不相信。」

楊迅閉上嘴巴。

龍玉波接道：「十二金雕本來是結拜兄弟，感情據講向來都不錯，只可惜，親生兄弟尚且也會鬩牆，結拜兄弟更不用說了。」

他緩步踱了出去，繼續道：「終於在三年之前十二金雕分成兩夥，在盟內火拚起來，這一次火拚結果，金雕盟傷亡慘重，爲首的十二金雕亦只有六雕活下去，其中的兩雕而且身負重傷，他們幾年下來實在開罪了不少江湖朋友，消息如果傳出去，仇人必然乘機走來報復，是以上下都嚴守秘密，問題卻是在失散的那一夥並未被斬盡殺絕，有五六個人僥倖逃了出來，消息也就傳開了。」

說話間，他已經到了那邊牆壁面前，說話仍繼續：「當時我與好幾個結拜兄弟正在附近……」

楊迅忍不住插口問道：「你也有結拜兄弟？」

龍玉波道：「難道我不能有？」

楊迅連忙搖頭，說道：「我不是這個意思。」

他轉口問道：「你一共有多少個結拜兄弟？」

龍玉波道：「六個！」

楊迅道：「連你在內你們兄弟一共是七個了。」

龍玉波道：「六加一當然就是七。」

楊迅道：「阮劍平、朱俠是否都是你的結拜兄弟？」

龍玉波道：「都是。」

楊迅又問道：「你們兄弟是否也是金雕盟的仇人？」

龍玉波立即搖頭，道：「不是。」

楊迅還待說什麼，龍玉波的話已經接上來，道：「我們兄弟雖然也知道所有金雕盟寶藏，當時卻沒有打那個寶藏的念頭，直至聽了那個消息，才大生覬覦之心。」

他轉身過來，又說道：「我們找到了其中一個逃出金雕盟的人，問清楚的確是事實，就迫他帶我們到金雕盟去。」

他的語聲逐漸激動起來。「他的引導之下，我們輕易就偷入金雕盟的重地，出其不意，攻其無備，一舉殲滅了殘餘六雕，再毀去重重機關，闖進金雕盟寶藏。」

楊迅道：「金雕盟寶藏於是就落在你們的手中？」

龍玉波微微頷首，道：「我們七兄弟卻也剩三人。」

楊迅道：「朱俠、阮劍平與你？」

龍玉波頷首，道：「在毀去機關之時，朱俠一個不小心，被亂箭射去了半條人命。」

三四　鬼蜮人心

楊迅道：「你們的損失也不算輕的了，不過到底得到了金雕盟的寶藏，總算是有些安慰。」

龍玉波一聲冷笑，道：「所以我們雖然失去了四個兄弟，也並不怎樣痛心，高高興興的將那些寶藏白銀，一箱箱搬到外面，誰知道樂極生悲，正當與阮劍平將最後的一箱珠寶搬出寶藏庫，兩個蒙面人就鬼魅一樣出現，一句話也不說。我與阮劍平方踏出，他們就動手，雙劍齊施，幾劍就迫得我們將箱子放下，退回去，我們出了兵刃方喝一聲什麼人，還未準備廝殺，寶藏庫本來已被我們弄壞了的暗門竟然又發生了作用，突然關上，將我們關在寶藏庫內。」

楊迅道：「你們就這樣給關起來？」

龍玉波道：「得到這寶藏太過突然，而且我們正因為對方的武功如此的高強大感震驚、心在想著對方到底是何方神聖，根本就沒有留意到自己已然被迫入了寶藏庫之內。」

楊迅替他補充道：「何況你們又一心認為那扇門已經被弄壞。」

龍玉波道：「正是。」

楊迅道：「你們結果被關在寶藏庫之內多少天？」

龍玉波道：「整整二天。」

楊迅道：「怎樣能夠出來？」

龍玉波道：「我們花了整整一天的時間，將暗門弄開。」

他又是一聲冷笑，道：「到我們下次出來，所有的金銀珠寶都已失去，一件都不剩。」

楊迅道：「螳螂捕蟬，黃雀在後，厲害！」

龍玉波道：「的確厲害。」

楊迅道：「你方才並沒有再提及朱俠，他是否也被困在寶庫之內？」

龍玉波道：「不是。」

楊迅道：「在什麼地方？」

龍玉波道：「傷臥在寶藏庫的出口之外。」

楊迅道：「那麼他是看見那兩個蒙面人在寶藏庫暗門關閉之後的舉動的了？」

龍玉波道：「他眼巴巴的望著那兩個蒙面人將所有的珠寶分別裝在一大群駱駝的背上離開。」

楊迅道：「沒有去阻止？」

龍玉波道：「還能夠保住性命，他已經萬幸。」

他嘆了一口氣，又道：「不過他那條命雖然留下來，亦保不了多久，我與阮劍平出到寶藏庫門外之際，他已在昏迷狀態之中。」

楊迅道：「是不是傷得太重？」

龍玉波道：「這是一個原因，最主要還是嚥不下那口氣，他脾氣暴躁，胸襟又狹窄，眼看已到手的金雕盟寶藏這樣被人取去，不氣病才怪。回到家不久，也就病死了，其實亦可以說是活活給氣死。」

楊迅道：「崔北海留給你們三人平分的莫非就是金雕盟的寶藏？」

龍玉波道：「錯不了。」

他目光一掃，道：「否則我們與崔北海既非親又非故，爲什麼他竟會將那麼多的金銀珠寶遺留給我們？」

一頓他又道：「一個人明知將死，難免有悔過之意，他大概覺得實在太對不起我們兄弟，所以有這個舉動。」

楊迅再問道：「你又憑什麼肯定當日截劫你們的兩個蒙面人，就是常護花、崔北海？」

龍玉波道：「能夠一出手將我與阮劍平擊退的用劍高手，以我所知普天下最多十三人，這十三人之中，相互有連繫的最多只得四組八個人，我花了整整三年，多方面觀察，再將收集得來的資料整理一番，就發覺只有常護花、崔北海一組最值得懷疑。」

他冷笑一聲，接下去：「何況我本身也是一個用劍的高手，對方的劍路如何，當時已是心中有數，那三年之中，我亦已經見過兩人的出手。」

楊迅道：「是不是一樣？」

龍玉波點頭，道：「我本來還有懷疑，可是到現在終於完全證實，此前我的懷疑並非只是懷疑，完全是事實。」

楊迅道：「看來你實在費了不少心思氣力。」

龍玉波一聲嘆息。

楊迅接道：「這筆賬我卻也無法替你們算清楚。」

他比了一個手勢，又道：「金雕盟藏寶無疑就是賊贓，你們兄弟，毀了金雕盟，將那些金銀珠寶據為己有，已經是黑吃黑！」

龍玉波沒有否認。

楊迅繼續道：「常護花、崔北海再來一個黑吃黑，單就是這幾重關係已夠你頭痛了。」

「不過——」楊迅一頓才接下去：「在當時的情形來說，那些金銀珠寶可以說是無主之物，因為到底未離開金雕盟，所以並不能說是常護花、崔北海搶劫你們。」

龍玉波揮手道：「是也好不是也好，現在都無關輕重，我們現在要解決的只是一個問題。」

楊迅道：「哪一個問題？」

龍玉波道：「在未說那一個問題之前，我們首先得明白那些金銀珠寶根本不能夠當做賊贓看待。」

楊迅道：「哦？」

龍玉波道：「金銀珠寶之上並沒有任何的記認，任何人都不能夠證明那些金銀珠寶是賊贓，因爲金雕盟的首腦都已死亡，我的兄弟亦沒有一個存在，除了我。」

楊迅道：「你當然不會指證那些金銀珠寶是賊贓。」

龍玉波道：「絕對不會，至於常護花，片面之詞又何足爲憑——是以現在來說，那些金銀珠寶只能夠當做崔北海的遺產來處理。」

高天祿那邊應聲道：「不錯。」

龍玉波道：「這也就是說，那些金銀珠寶現在完全是屬於我所有，是我的財產！」

他的語聲陡高，道：「在現在來說，也只有我才能夠承受崔北海的遺產。」沒有人否認這個事實。

龍玉波接道：「現在那些金銀珠寶卻不知所蹤，在官府，在我，兩方面當然都要追究。」

龍玉波目光一掃，道：「問題是誰偷了那些金銀珠寶？」

楊迅無言，其他的人也沒有作聲。

龍玉波緩緩接道：「這也就是我們現在唯一需要解決的問題。」

他說著目光又再一掃，道：「根據我方才說的三個理由，盜寶賊不是別人，顯然就是他——常護花！」

他再次戟指常護花。

常護花沒有理會，他仍然站立在原來的地方，仰首望著勾懸在頂壁之下，嵌著八盞長明燈的那個環形銅架之上。

沒有人知道他在望什麼，但顯然已經望上了相當時候。

看他的樣子，他分明全副精神都集中在那個環形銅架之上，對於其他的事情彷彿完全沒有在意，所以才對龍玉波的說話，舉動完全沒有反應。

是不是他又有所發現？

楊迅並沒有留意常護花的神態怪異，看見他沒有反應，立時接上話，道：「你方才的三個理由無疑都非常好，不過你也得注意一件事情。」

龍玉波道：「請說。」

楊迅道：「憑他的身手，不錯，是可以瞞過我那些手下的耳目偷進來，可是那麼多的金銀珠寶他一個人如何能夠完全搬走。尤其是那些奇珍異寶，如果堆疊在一起，一個不小心，很容易就會弄壞，幾乎要一件一件的搬運，來來回回最少要好幾十次，他哪來時間，何況那些金銀珠寶並不是搬出這石室就可以，還要搬到書齋外，還要藏起來，這又要多少時間？你不妨仔細想一想。」

龍玉波的眼中露出了詫異之色，似乎在奇怪眼前這個人怎會又變得精明起來。

楊迅哼一聲又道：「我那些手下不是睜眼瞎子，也不是只懂得睡覺。」

龍玉波冷冷一笑，道：「這件事一個人來做當然困難，多幾個人的話卻就十分容易了。」

楊迅道：「你是說他還有同黨？」

龍玉波道：「誰敢說沒有？」

楊迅道：「在哪裏？」

龍玉波道：「你何不去問他？」

楊迅竟然真的又問常護花道：「你是不是還有同黨一起來，他們現在又在什麼地方？」

常護花沒有回答，仍然聚精會神的望著上面那個環形銅架。

一旁高天祿看見奇怪，忍不住問道：「常兄在看什麼？」他特別提高嗓子。

常護花應聲垂下頭來，竟然道：「那些金銀珠寶的來源你們都清楚了。」

對於龍玉波、楊迅他們方才的說話他莫非真的完全沒有在意？

高天祿點頭，道：「清楚與否都無關重要，我們目前要解決的只是那些金銀珠寶如何被竊，下手的又是什麼人。」

常護花道：「下手的是什麼人目前實在難以確定，不過如何被竊，現在卻已有眉目。」

高天祿正想問什麼眉目，龍玉波那邊已然插口道：「何只眉目，你根本就清楚得很。」

常護花只當沒有聽到，目注高天祿，道：「留在書齋之內看守的四個官差，以我看，都是老實人，他們說這幾天並沒有失職，書齋內平安無事，應該是可以相信得過。」

高天祿詫聲道：「這個石室就只有一個出入口，那些金銀珠寶的失竊，難道是妖魔鬼怪作祟？」

常護花道：「哪有這麼多的妖魔鬼怪？」

高天祿道：「然則那些金銀珠寶如何離開這個石室？」

常護花道：「這個石室並不是只得一個出入口。」

高天祿一怔，道：「你是說還有第二個出入口？」

常護花點頭，道：「希望我的推測沒有錯。」

高天祿追問道：「你到底發現了些什麼？」

常護花抬眼望著勾懸在頂壁之下，那個上面嵌著八盞明燈的銅架，道：「就是這個銅架。」

高天祿的目光不由落在銅架之上。

他仔細打量了一會，道：「這個銅架似乎沒有什麼問題。」

常護花道：「銅架之上是否積塵？」

高天祿道：「不錯。」

常護花說道：「你仔細看清楚那些塵積。」

高天祿再仔細打量，終於發覺銅架上的塵積，不少已經脫落。

銅架上的塵積本來就不多，脫落與否如果不小心，實在不容易察覺。

無論是什麼地方，只要暴露在空氣之中，不經常打掃清潔的話，多少難免都會有塵積，所以銅架上積塵，並不是一件奇怪的事情。

奇怪的是銅架高懸，探手不到，上面的塵積竟會如此脫落？

高天祿摸摸下巴，道：「銅架上的塵積似乎被什麼擦掉。」

楊迅一旁道：「也許是隻老鼠在上面走過。」

常護花淡淡一笑，道：「如果是老鼠，那隻老鼠一定有人那麼大，而且還懂得倒行。」

楊迅哼的一聲，正想回他幾句話，常護花已然縱身拔起來。

一拔丈二三，常護花雙手暴展，抓住了那個環形銅架，身形旋即就往下一沉。

他並沒有連人帶銅架因此就跌下。

那個銅架非獨承受得住他的整個身子的重量，而且在他那一沉之下，一動也都不動。

像這樣堅固的銅架實在少見。

常護花一沉沒有作用，整個身子連隨向上拔。

這一拔之力並不在那一沉之下。銅架仍然是沒有反應。

楊迅一旁看見奇怪，信口問道：「你在幹什麼？耍猴戲。」

常護花沒有回答，左右手一錯，試試能否轉過那個銅架。他雖然人在半空，但雙手一轉，雙腳亦同時交劃，借力使力，一樣強勁非常。

格一聲輕響，即時從旁邊的一幅幔幕後面傳來。

那個一動也不動的銅環竟然被他這一轉轉動。

常護花整個身子亦隨著那個銅環的轉動半空中由左往右一轉。

他沒有鬆手，雙手再用力，再一次轉動那個銅環。

這一次，銅環沒有再轉動，那幅幔幕後面繼續發出聲響。

一種非常奇怪，令人聽來心悸的聲響，就像是一大堆毒蛇，在那邊幔幕後面蜿蜒。

楊迅是驚弓之鳥，腳步旁移，就想開溜。

可是他的半身子才轉過一半，便自轉回去。

高天祿正站在他身後，他如何敢開溜。

他的目光當然接著就落在那幅幔幕之上，只希望並不是真的有一大堆毒蛇在後面，他沒有失望。

高天祿的目光，亦是落在那幅幔幕之上，其他人也是，沒有一個例外。

那種奇怪的聲響很快就停下，幔幕那邊並沒有任何事情發生，也沒有任何東西出現。

每一個人都想走過去拉開那幅幔幕一看究竟，卻沒有一個人走過去，龍玉波也不例外。

好像這樣一個打遍江南武林無敵手的武林高手，又怎會如此膽小？

莫非他已經知道幔幕後面設置了厲害的殺人機關？

常護花人仍掛在銅架下面，他的眼鴿蛋一樣睜大，也是盯著那幅幔幕，居高臨下，他看見的當然是比別人多很多。

只可惜那幅幔幕由石室的頂端垂下，他雖然居高臨下，一樣無法看見幔幕後面的東西。

那幅幔幕亦一直沒有異樣。

常護花懸著的身子突然離開了那個銅架，飄落在幔幕前，他的身形輕捷如燕，著地無聲。

那幅幔幕只是在他身形著地的時候，微微起伏了一下。

幔幕後面依然是一片平靜，他一聲不發，倏地一拂袖。一股勁風立時揚起了那幅幔幕。

所有人的目光全都立時集中在幔幕的後面。

沒有蛇，幔幕後面什麼東西都沒有。

牆壁卻消失，原來是牆壁的地方竟開了一個洞。

高七尺，闊不過兩尺的洞，這個石室竟然真的有第二個出入口。

牆洞內黑暗之極，黑暗中彷彿堆滿了寒冰，那些寒冰又彷彿正在溶解。

常護花人在牆洞之外，已彷彿感覺寒氣撲面。

裏面到底是怎樣情形，可收藏著什麼東西？

他的眼睛雖然非常好，亦未能真的清楚，揚起了的幔幕很快落下來。

常護花即時一錯步，閃到幔幕的另一邊，順手將幔幕拉起來。

這一拉，那幅幔幕比方才那一張揚展的更高闊，銅架上那盞燈的光芒，於是更深入。

藉著這燈光，他終於分辨得出眼前的牆洞連接著一條地道。

地道筆直的向前伸展，也不知多長，燈光由明而暗，由暗而黑，陷入漆墨也似的一片黑暗之中。

這條地道到底是通往什麼地方，有什麼作用？

常護花實在想進去。

他正在沉吟之間，各人已靠攏到他的身旁。

姚坤、傅標的手中都提著燈籠，一接近地道入口，地道入口附近更明亮。

燈光所及的範圍更遠，再遠仍然是陷入黑暗之中。

高天祿張頭探腦，忍不住說道：「這好像是一條地道。」

常護花道：「好像是的。」

高天祿道：「這條地道，通往什麼地方？」

常護花道：「我也很想知道。」

說話間他的手一鬆，那幅幔幕又滑下來。

高天祿目光一閃，一聲輕喝道：「撕下來。」

常護花正想將那幅幔幕撕下，高天祿這樣叫道，他更不必考慮，反手撕下了那幅幔幕。

他將那幅幔幕丟在腳旁邊，一遞手，道：「給我燈。」

姚坤立時將燈遞前。

常護花接在左手，右手已握上劍柄。

他拔劍雖然迅速，可是那麼狹窄的地道內，動作多少都難免有些影響，蓄勢待發亦未嘗不是一件好事。

他一手掌燈，一手按劍，連隨就舉起腳步，跨入地道內。

楊迅旁邊看的真切，一顆心幾乎沒有跳出來。

他一個身子不由自主地往旁邊一縮。

這一來，縱使地道內裝置了非常厲害的殺人機關，常護花一踏入機關就發動，暗器四射，倒楣的只是常護花以及站立在地道出入口之前的人，絕不會射到他的身上！

除非那些暗器還能夠轉彎。

沒有人留意他的舉動，所有的目光全都注視著常護花。

常護花已經跨過牆洞，進入地道。

地道的入口不過兩尺寬闊，卻只是入口之內約莫三尺的地方，三尺之後便左右開展，寬闊了差不多四尺，高也高出了三尺之多。

左右上下全都嵌著石塊。

青白色的石塊，燈火的映射下，散發著淒冷的光芒。

寒氣似乎就是從那些石塊之上散發出來。

地道之內沒有寒冰，那些石塊也只是普通的石塊，方才那種彷彿寒氣撲面的感覺，只是一種感覺。

可是再深入，常護花卻真的感覺陰風陣陣。

燈火也開始微微跳躍，但是完全分不出方向。

風簡直就像是從四面八方吹來。

常護花實在奇怪，他放目四顧，終於發覺地道內兩旁石壁的上方，每隔六尺就有一個圓圓的小洞，風肯定是從那些小洞中透出來。

他一笑，腳步又繼續。

那些圓洞之外，地道四壁再沒有其他空隙，是以他的腳步起落，雖然非常輕，仍然發出嚓嚓的一下下清楚的聲響。

常護花腳步不停，片刻人已在兩丈之外。

地道中仍然是保持平靜，一些事情也沒有發生，似乎並沒有設置什麼殺人的機關。

常護花的腳步聲之外也再沒有任何聲響。

各人都看在眼內。

龍玉波第一個忍不住，兩三步跨過牆洞，追在常護花後面。

他的腳步聲特別來得響亮。

常護花走在前面，聽到腳步聲，下意識偏頭一望。

看見追上來的是龍玉波，他的眼中忽然閃出了一絲非常怪異的神色，腳步又一緩才繼續下去。

高天祿是第一個跟著走入地道。

看見高天祿動身，楊迅如何敢怠慢，一閃身，搶在姚坤、傅標的前面，緊跟著高天祿。

姚坤、傅標也先後跟了上去。

高天祿前行一丈，忽然停下來，深深的吸了一口氣，道：「奇怪！」

他的嗓子本來就很大，在現在聽來，更就是雷霆一樣，連他自己，也給嚇了一跳。

常護花應聲一收腳步，問道：「奇怪什麼？」

高天祿道：「這條地道四面密封，空氣竟如此清爽。」

常護花道：「高兄有沒有留意左右壁上面的小圓洞？」

高天祿抬頭一望，道：「那些小圓洞有什麼作用？」

常護花道：「通風。」

高天祿抬手往旁邊的一個小圓洞上按去！

一陣清冷的感覺。

他微微頷首，道：「原來如此。」

連隨他又問道：「那些小圓洞通往什麼地方？」

常護花道：「地面，何處地面現在雖然不清楚，要清楚卻也不是一件難事。」

高天祿道：「這個無關要緊，我們目前必須先弄清楚這條地道到底通往什麼地方。」

常護花一笑，道：「無論什麼路，只要是人間所有，都一定有盡頭，我們現在只要向前走就可以。」他繼續前行。

龍玉波步步緊追在後面。

他忽然將頭上戴著的竹笠取下。地道中就像是立時多了一個鬼怪。

醜陋無比的鬼怪，恐怖已極的鬼怪！

事實上，這世間縱然真的有妖魔鬼怪，看見他這張臉，只怕也要退避三舍。

他雖然沒有回頭，高天祿後面看見，已不由打了一個寒噤。

楊迅一顆心，更彷彿開始收縮。

他們都沒有忘記，龍玉波的一張臉怎樣恐怖。

常護花走在最前，以他感覺的敏銳，龍玉波在幹什麼又豈會不知道。

他卻也沒有回頭！

因爲沒有這種需要，而且他的膽子雖然不小，在目前這種環境之下，並不想看到龍玉波那樣恐怖的一張臉。

三五　束手就擒

入地道三丈，路仍然筆直，三丈過後就開始出現彎角。

一個彎角之後又一個彎角，接連十多個彎角。

轉到第十四個彎角，常護花不由嘆了一口氣，說道：「這條地道，到底怎樣搞的？」

高天祿在後面亦嘆了一口氣，道：「我已經有些頭昏眼花了。」

常護花說道：「幸好，這條地道沒有岔路。」

高天祿道：「這已經足夠，我方才還在稱讚這條地道設計得不錯，現在那句話我看要收回了！」

說話間，又已轉過了一個彎角。

前面兩丈的地方，隱約出現了一道石級。

常護花不由加快了腳步。

這一快，後面龍玉波竟追他不及。

果然是一道石級。

前面已沒有通路，地道已到了盡頭。

常護花不覺脫口叫了出來，道：「有石級！」

龍玉波後面追了上來，應聲道：「到盡頭了麼？」

他的語聲已有些嘶啞，氣息亦已經變的濃重。

似乎這加快腳步一追，已經耗去了他的不少氣力。

人在遠處還不覺，一接近，莫說常護花，普通人相信都不難聽出來。

他恐怖的臉龐上竟然還有汗珠涔下！

無論怎樣看，他都不像是一個武林高手。

完全不像。

常護花的眼中又露出了奇怪之色。

他沒有回頭，目光也不是落在石級上，而是注視著手中那盞燈籠。

那盞燈籠其實並沒有什麼好看，他雖然望著那盞燈籠，眼中並沒有那盞燈籠存在。

他是在想著一件事情。

一直到高天祿、楊迅他們都來到，他的目光才移到石級上面。

高天祿腳步一放，就問道：「這道石級到底是通往什麼地方？」

常護花道：「我也想知道。」

龍玉波一旁插口說道：「上去就知道的了。」

常護花沒有再說什麼，舉步踏上了石級。

三十多級石級斜斜的往上伸展。上面是一個平臺。

見方差不多有六尺的平臺三面的石壁，對著石級的那面石壁有一塊亦是兩尺左右闊，七尺上下長的石門，四邊向外突出了約莫三四寸。

石門的中央嵌著一個鐵環。

常護花耳貼石門，凝神細聽了片刻，才伸手抓住那個鐵環。

他試試後拉。

石門一些反應都沒有，推前也一樣。

他只有扭動那個鐵環，看有沒有反應。

那道石門立時發出了格一聲輕響，緩緩向後面開啓。

門外一片漆黑──到底是什麼地方？

常護花放開了握著鐵環的那隻手，並沒有移動腳步，只是左手燈籠，先伸了出去。

燈光照亮了門外的地方。

描花的地磚，常護花並不陌生，一時卻又想不起曾經在什麼地方看見過。

他舉步走了出去。

舉動看來是輕率，事實他已經非常小心。

高天祿、龍玉波緊跟在後面，楊迅更不甘後人。

他們五人先後方踏出門外，就聽到常護花意外非常地哦了一聲。

高天祿脫口問道：「這裏到底是什麼地方？」

常護花道：「崔北海夫婦寢室後面那間堆放雜物的小室。」

楊迅、傅標、姚坤三人這下子也已認出了，異口同聲道：「不錯，就是那間小屋。」

石門的向外那一面其實也就是那間小室左側的一塊牆壁！

閣樓也就在他們的頭上。

高天祿雖然從來沒有來過這個地方，但對於整件案與案發現場的情形，他已經瞭如指掌。

杜笑天所做的報告非常詳細，在杜笑天那些報告之上，他也實在花上了不少時間。對於現場情形的瞭解，他只怕還在楊迅之上。

一聽說，他立時就抬起頭來望著上面那個閣樓，道：「崔北海的屍體以及那一群吸血蛾莫非就是在這個閣樓之內被你們發現？」

楊迅一旁忙應道：「是。」

他整個身子幾乎同時跳起來。

那道暗門也不知什麼原因，突然砰一聲關上。

所有人應聲一齊回頭。

楊迅吃吃道：「我們六個人都已出來，是誰……在裏面將門關上？」

常護花道：「這並不是人為。」

楊迅變色道：「難道是妖魔作怪？」

常護花淡笑道：「那扇石門之上裝有機簧。」

楊迅似乎不大相信，道：「真的？」

常護花道：「就因為裝上機簧，那扇門才能夠自動關上。」

楊迅這才鬆口氣，立即問道：「你怎會知道？在什麼時候知道？」

常護花道：「將門拉開的時候我已經知道。」

龍玉波一旁突然插口一聲：「也許在更早的時候他已經知道。」

楊迅道：「哦？」

龍玉波接道：「否則他又怎會對於一切如此熟識？」

楊迅一個腦袋立時側起來，斜眼看看常護花。

常護花閉上嘴巴，一聲也不發。

龍玉波得意冷笑。

高天祿一旁倏地截斷了龍玉波的笑聲，說道：「石門關好了，牆壁上多少都應該有一些痕跡留下，現在，怎的竟完全沒有。」

常護花回答高天祿的說話，道：「如果有，當日我們搜查這個小室的時候已經察覺。」

高天祿一聲微喟，道：「崔北海在機關設計這方面實在是一個天才。」

常護花並不否認，道：「以我看，他這方面的成就，還在他那個師傅玄機子之上。」

高天祿點頭道：「青出於藍，天才畢竟天才！」

龍玉波又插口道：「這還有一個天才之中的天才。」

誰都明白他說的是誰。

常護花一聲冷笑，道：「你的疑心倒不小。」

龍玉波道：「的確不小。」

常護花道：「你這是肯定，是我偷去石室所有的金銀珠寶。」

龍玉波道：「早已肯定。」

常護花道：「除了方才那些理由之外，你還有什麼理由？」

龍玉波道：「你能夠將我們帶來到這裏，豈非已經又是一個很好的理由？」

常護花道：「這也是理由？」

龍玉波道：「如果你不是已經進出過這條地道，又怎會如此輕易將我們經由地道引來到這裏？」

常護花冷笑一聲，說道：「你覺得我輕易？」

龍玉波道：「輕易非常。」

他一頓又道：「縱然真的有所謂妖魔鬼怪，也絕不會偷竊人間的金銀珠寶，那些吸血蛾即使也一如傳說的一樣，吸人血，吃人肉，也絕不會吸吃人的金銀珠寶，這件事毫無疑問，是人所爲。」

他的語聲陡沉，道：「只有人才喜歡珠寶，打別人的財寶的主意。」

常護花嘴唇翕動，話卻還未出口，龍玉波的話已經接上來，道：「不過要打崔北海這個石室所藏的珠寶金銀的主意並不容易，這個人必需懂得機關，身手靈活不在話下，還要有幾分小聰明。」

他的語聲更沉，又道：「符合這些條件的，在這個地方只有一個人，就是你常兄。」

常護花冷笑問道：「你的所謂這個地方是包括哪些地方？」

龍玉波道：「當然包括整個縣城。」

常護花說道：「你只是今天傍晚才到來。」

龍玉波道：「不錯。」

常護花道：「一到來你就進衙門沒有離開？」

龍玉波道：「不錯。」

常護花道：「你居然就對這個地方這樣熟悉了？」

龍玉波沒有作聲。

常護花道：「這個地方的人也許大都具備大智慧的。」

龍玉波一聲冷笑，道：「在目前來說，最值得懷疑的只是你常大俠一個人！」

常護花道：「這你準備怎樣？」

龍玉波道：「我龍某人只是一個平民，能夠怎樣？」

他目光連隨一轉，轉落在楊迅的面上，冷冷說道：「這裏負責治安的人，是楊總捕頭。」

楊迅不由自主的挺起了胸膛。

龍玉波接問楊迅：「對於這樣一個嫌疑犯，總捕頭認爲應該怎樣才好？」

楊迅衝口而出道：「當然是先行扣押起來……」

這句話出口他才想起常護花是怎樣厲害的一個人，慌忙閉上了嘴巴。

龍玉波卻立即接上話道：「總捕頭何等經驗，既然認爲這樣最好當然就是最好的了。」

楊迅訥訥道：「這個……」

龍玉波道：「這個什麼？」

楊迅道：「他武功高強，如果他不肯就範，我們也就沒有他的辦法。」

龍玉波哦的一聲道：「總捕頭原來擔心這個問題……」

他下面還有話說，卻還未接上，已經被楊迅打斷。

楊迅突然間眉飛色舞，說道：「我幾乎忘記了龍公子，龍公子乃是江南第一武林高手，有龍公子在旁協助，這件事就簡單得多了。」

看他的表情，似乎真的想將常護花扣押起來了。

事實這件案，來了常護花之後，他這個總捕頭幾乎已沒有說話的餘地，心中早就已不大舒服，也不知多少次想抓個機會，要常護花摔一跤。

現在，難得有這個機會，他又怎肯錯過。

龍玉波既然打遍江南無敵手，縱然還沒有常護花那麼的厲害，打一個平手應該沒有問題，再加上他的一把長刀。

姚坤的一支短槍，傅標的一條鐵索，常護花即使不肯束手就擒，他們四人相信亦不難將之拿下來。

他主意一定，連隨向傅標、姚坤兩人打了一個手勢。

這個手勢也就是暗示他們準備出手。

姚坤、傅標兩人立時都一怔，尤其是姚坤，神色更顯尷尬。

楊迅的目光一轉，又回到龍玉波的面上。

只等龍玉波出手，他就與姚坤、傅標殺奔前去。

龍玉波仍然沒有反應。

楊迅再等了一會，忍不住一聲招呼：「龍公子！」

龍玉波面上的肌肉應聲跳動了一下，卻是一聲也不發。

反而常護花接上話，道：「如果他可以出手，他早已出手。」

楊迅道：「爲什麼他不可以出手？」

常護花道：「因爲他已經不是當年的龍玉波。」

楊迅更加詫異道：「他的身分不是證實並沒有問題？」

常護花道：「我沒有說他的身分有問題，他無疑就是龍玉波。」

楊迅道：「那麼他到底與當年有什麼不同？」

常護花沒有立即回答，目光轉落在龍玉波的面上，道：「這件事龍兄自己說還是我來說？」

龍玉波面上的肌肉又一跳，不答反問道：「你什麼時候知道？」

常護花道：「你一踏入地道，我便已懷疑。」

龍玉波道：「是因我沉重腳步聲？」

常護花道：「這是一個原因，到我發現了石級，你追上來的時候，我已經完全肯定。」

龍玉波微喟。

常護花旋即問道：「是不是毒童子的五毒散影響？」

龍玉波道：「不錯。」

常護花驚道：「好厲害的五毒散！」

龍玉波道：「的確厲害，一把五毒散非獨毀了我面龐，還散去我一身功力。」

他半身一轉，道：「我現在手無縛雞之力，與當年打遍江南無敵手的我簡直就是兩個人。」

楊迅這才明白，哦的一聲立時變了面色。

少了一個龍玉波，他們三人如何對付得了常護花？

也就在這個時候，常護花突然回頭，盯著寢室的門戶那邊，輕叱道：「誰？」

一個人應聲推門而入。

崔義！

燈光照亮了崔義的臉。

也不知是否燈光影響崔義的臉，似乎在發白，神態卻穩定。

常護花還未開口責問，楊迅已搶先開口問道：「崔義你鬼鬼祟祟的躲在門外幹什麼？」

崔義搖手道：「我不是躲在門外。」

楊迅道：「不是是什麼？」

崔義道：「方才我在房外走過，無意發現房裏頭隱約有微弱的燈光在移動，以爲入了賊，所以走進來瞧瞧。」

楊迅道：「你的眼力倒不錯。」

常護花道：「身手也不錯，若不是方才你的身子碰在那扇門上，我也不覺察門外有人。」

崔義笑笑道：「主人在生的時候，實在教了我好幾年的武功。」

常護花道：「怎麼我一喝，你立即推門進來，就不怕喝問的人是賊？」

崔義大笑道：「賊怎會這樣大膽。」

笑聲忽一落，他目注高天祿道：「大人也來了？」

高天祿淡應一聲，道：「方才你去了什麼地方？」

崔義道：「吃過飯出外走了個圈。」

高天祿道：「你沒有吩咐其他家人一聲？」

崔義道：「因爲不是去遠，所以沒有吩咐下來。」

高天祿道：「你回來的時候，其他家人有沒有告訴你我們到來？」

崔義道：「我是從後門回來，並沒有遇上他們。」

高天祿忽又問道：「怎麼你看見我們在這竟然完全都不覺得意外？」

崔義輕嘆道：「這些日子令我意外的事情已實在太多了。」

高天祿微微點頭轉問道：「你知否你家主人存放珠寶的那個地下石室之中有一條地道通到來這個小室？」

崔義一怔，道：「地道？」

他連隨搖頭。

高天祿接問道：「你家主人難道沒有跟你提及？」

崔義道：「沒有。」

高天祿道：「是麼？」

崔義道：「主人平日的說話並不多，所說的亦大都是一般日常瑣碎事情。」

高天祿沒有再問下去，擺手道：「你一旁暫時退下。」

崔義非常順從的退過一旁。

高天祿目光轉回龍玉波的面上。

龍玉波即時說道：「我方才說的話大人都已經聽到了？」

高天祿頷首。

龍玉波接道：「現在我與一般人並無不同，已不是什麼武林高手，並沒有足夠的能力來保護自己的生命財產。」

高天祿道：「這又如何？」

龍玉波道：「當然必須依賴法律保障，就像一般人一樣。」

高天祿道：「這未嘗不是件好事。」

龍玉波又道：「大人對於我當然亦是一視同仁。」

高天祿道：「這個當然。」

龍玉波道：「也就是說這件事大人一定主持公道的了。」

高天祿道：「一定。」

他淡淡接道：「本官爲官十年，不管是對事抑或對人向來都必定秉公辦理。」

龍玉波道：「我這就放心了。」

高天祿道：「你儘管放心。」

龍玉波連隨問道：「如此大人目前準備怎樣處置常護花？」

高天祿沉吟起來。

龍玉波又道：「大人是否認為常護花並不值得懷疑？」

高天祿道：「不錯。」

龍玉波道：「什麼理由？」

高天祿道：「我自信不會看錯人。」

龍玉波道：「大人難道就只憑自己的觀感處置這件案？」

高天祿道：「非也。」

龍玉波冷笑接道：「依我看，大人還是將常護花扣押起來的好，像這樣一個嫌疑犯，如果不將之扣押起來，大人的公正之名只怕就此……嘿嘿！」

楊迅一旁亦幫腔道：「大人對於這件事的確要認真考慮。」

高天祿一再沉吟。

常護花旁邊這下突然插口說道：「龍兄似乎一定要我嘗嘗坐牢的滋味。」

龍玉波冷笑道：「這種滋味常兄相信早已習慣。」

常護花道：「相反，完全陌生。」

龍玉波大笑，道：「我幾乎忘記了常兄是怎樣本領，像常兄那樣本領的大賊，即使案發了，又有哪一處官府能夠繩之於法？」

常護花沒有說話。

龍玉波道：「這次只怕不會例外！」

常護花忽的一笑，道：「是非黑白始終有清楚明白一日，常某人自問清白，坐牢去就坐牢去。」

這句話出口，所有人都爲之一怔。

常護花笑接道：「反正我老早就已經準備找一個機會，嘗嘗坐牢的滋味。」

高天祿道：「常兄……」

常護花道：「高兄不必替我費心。」

他仰天吁了一口氣，道：「何況監牢總比一般的地方清靜，我現在也實在需要一個非常清靜的地方，歇下來好好的想想這幾天所發生的事情。」

龍玉波立時曲肘一撞楊迅，道：「總捕頭還等什麼？」

楊迅一怔，衝口而出一聲：「來人呀！鎖起來！」

姚坤、傅標身上都帶著鎖鐐，也聽的非常清楚，卻仍然木偶一樣站在那裏。

楊迅話出口才知道那一句是什麼話，不過話已出口，要收也收不回來。

他惟有硬著頭皮，瞪一眼傅標、姚坤，再一聲呼喝，道：「你們幹什麼呆在那裏，還不將他鎖起來。」

姚坤一面的尷尬之色，腳步舉起又放下，傅標卻已嗆啷抖出腰間纏著的鎖鐐。

他與常護花之間到底沒有什麼交情，並不像姚坤。

常護花望著那條鎖鐐，面上仍然有笑容，道：「怎麼？還要用到這種東西？」

傅標陪笑道：「總捕頭這樣吩咐，我們做下屬的只有這樣做。」

龍玉波插口一句道：「刑具代表的就是王法，你若是不將手伸出來，就真的目無王法的了。」

常護花一笑將手伸出。

對於這些事情他似乎完全都不在乎。

傅標連隨兩步上前，第三步方跨出，就給高天祿喝住：「且慢！」

傅標當然立即收住腳步。

高天祿接道：「常大俠是什麼人，答應了我們，就絕不會反悔，也不會半途開溜，人家既然是這樣合作，你們怎麼還給人家添這些麻煩。」

傅標瞟一眼楊迅，垂下頭。

楊迅亦將頭垂下，訥訥道：「這個規矩……」

高天祿道：「什麼規矩不規矩，天大的事情都有我來承擔。」

他的語聲一沉又道：「有我在這裏，怎輪到你作主，咄！都給我退下，退下！」

楊迅慌忙退下去，傳標更就不用說。

高天祿回對常護花道：「常兄即使不進牢也不要緊。」

常護花笑道：「還是進的好。」

高天祿道：「只怕委屈了常兄。」

常護花道：「高兄好像已經肯定我與事情完全沒有關係。」

高天祿道：「我相信自己的判斷沒有錯誤。」

常護花笑笑，道：「不過正如龍兄說的，目前嫌疑最重的人就是我，像我這樣一個嫌疑犯，不關進大牢怎成。」

高天祿見他笑的開心，不禁嘆息道：「聽你的口氣，你好像非常高興坐牢。」

常護花道：「現在高興。」

高天祿道：「我爲官十年，高興坐牢的人還是第一次見到。」

常護花道：「我有一位朋友曾經這樣說，無論是什麼壞事情抑或什麼壞地方，不懂，不去並沒有什麼了不起，只能說見識淺薄。有過經驗而又不再做，才算得本領。」

他一笑接道：「我正好從來都沒有過坐牢的經驗。」

高天祿道：「所以你就趁這個機會來吸取經驗？」

常護花頷首。

高天祿立即搖頭道：「你那個朋友一定是一個年青人。」

常護花道：「何以見得？」

高天祿道：「只有入世未深的年青人才會那樣說話。」

常護花道：「哦？」

高天祿道：「因爲也只有入世未深的年青人才不知道有些事情，有些地方，不必多做，不必多去，一次就足夠痛苦一生及後悔一生了。」

常護花道：「我應該也這樣對他說，當時卻沒有想起來，只希望現在他已經明白，而又不是因爲已經有過了可怕的經驗才明白。」

高天祿道：「我卻希望你自己先徹底明白。」

常護花道：「坐牢難道也是一件可怕的事情？」

高天祿道：「我也是全無經驗，但據我所知，有經驗的人出獄之後，都不太願意再次進去。」

常護花道：「如果牢獄的待遇好一些，相信他們會重新考慮。」

高天祿笑道：「是這樣的話，我保管你出牢之後很快就回來。」

常護花道：「哦？」

高天祿笑接道：「因爲我一定會關照他們好好的侍候你。」

常護花不禁失笑，他笑著舉起腳步。

三六　桃杏花開

高天祿兩步追前，走在常護花身旁，道：「常兄還打算搜查什麼地方？」

常護花道：「我現在只打算好好的休息一下。」

高天祿心念一動，道：「常兄莫非已經有頭緒？」

常護花沉吟不語。

高天祿追問道：「到底發現什麼？」

常護花沉吟半晌，嘆了一口氣，道：「現在我也不知道怎樣回答你。」

高天祿道：「怎會這樣？」

常護花道：「不錯，我現在找到了好幾條值得懷疑的線索，但仍未能夠將頭緒抽出來。」

高天祿看著他，一聲輕嘆，道：「這件案非獨詭異，而且複雜，能夠找到線索，已經夠本領的了。」

他一笑又道：「看來你真的需要找一個清靜的地方，好好的整理一下那些頭緒。」

常護花道：「牢獄豈非就是最適當的地方？」

高天祿笑道：「你倒會選擇。」

常護花一笑，腳步又繼續。

走出了房間，高天祿就一聲呼喝道：「傅標！」

後面傅標忙應道：「在！」

高天祿道：「來！」

傅標忙上前道：「大人有何吩咐？」

高天祿立時吩咐道：「你先回衙門找幾個人將最好的那個牢房打掃乾淨，再著人在客院那邊給龍公子準備一個房間。」

傅標一聲「是」，方待退下，龍玉波旁邊突然道：「這個我以爲不必了。」

高天祿道：「爲了方便照應，龍公子，還是住在衙門內的好。」

龍玉波道：「珠寶已被竊，我現在一無所有，難道還有人來打我的主意？」

他目光一閃，忽然一聲冷笑道：「莫非大人認爲我也有嫌疑，留在衙門之內才方便監視。」

高天祿淡淡地道：「龍公子不肯屈就，本官也不會勉強。」

龍玉波道：「是麼？」

高天祿沒有再理會，回顧傅標，一揮手，道：「快去！」

傅標應聲，馬一樣奔了出去。

崔義即時一呆上前道：「大人……」

高天祿回頭道：「你還有什麼事？」

崔義道：「小人沒有事，只是想知道，大人還有什麼要吩咐？」

高天祿道：「目前就只有一件事。」

崔義欠身道：「大人請吩咐。」

高天祿道：「送我們到門外。」

崔義道：「這個大人不吩咐，小人也省得。」

高天祿道：「除了這件事之外，目前暫時就沒有你的事了，不過你平日還是多留在聚寶齋之內的好，因爲本官隨時都會傳你去問話。」

崔義道：「小人除了偶然外出走走之外，其他的時間一直都是留在家中，大人現在這樣吩咐了，小人從現在開始，一步也不出家門就是。」

高天祿道：「能夠這樣合作，當然就是最好，破案之後，自然還你自由。」

崔義道：「大人言重。」

高天祿揮手打斷崔義說話，道：「引路。」

崔義一聲：「是！」走在前面。

即使沒有他，常護花，甚至姚坤亦知道如何離開。

經過這幾天反覆搜查，對於聚寶齋這個地方，他們兩人已瞭如指掌。

傅標對於這個地方卻不算陌生的了，最低限度也已進出過好幾次。

可是他反而走回頭路。

常護花他們才走出內院，便看見傅標從那邊花徑轉出，向他們走過來。

楊迅的眼睛也算厲害，第一個叫了起來：「那個不是傅標？」

高天祿道：「正是傅標。」

姚坤一旁接上口，道：「怎麼他走回來。難道他竟也不知道怎樣離開？」

高天祿道：「沒有這個道理……」

常護花突然截斷了高天祿的說話，道：「他不是迷了路走回來。」

高天祿道：「然則……」

常護花又打斷了他的說話，道：「他是帶人來見我們。」

高天祿即時連聲道：「不錯不錯，是兩個女孩子。」

在傅標後面的確是跟著兩個女孩子。

她們從容轉出了花徑，人還未走近，笑聲已來了。

銀鈴的笑聲，清脆悅耳。

她們都是年輕而美麗，美麗如春花，笑起來更有如春花開放。

對她們，崔義並不陌生，常護花更不用見面，就只聽笑聲已知道來的是她們。

她們也就是萬花山莊那兩個花奴，常護花那兩個侍女小桃和小杏。

——她們怎會走來聚寶齋？

常護花的眼瞳中一抹疑惑之色。

小杏笑著老遠就嬌聲叫道：「莊主，我們都來了。」

高天祿聽在耳中，不由奇怪道：「她們跟誰說話？」

常護花回答道：「跟我。」

高天祿一愣道：「她們是什麼人？」

常護花道：「我的兩個朋友。」

龍玉波一旁即道：「這所謂朋友，也就是同黨！」

常護花沒有理會。

他雙眉鎖在一起，似乎在想著什麼事情。

龍玉波還有話說，道：「我早就說過，他是有同黨的了。」

楊迅插口道：「這只是兩個弱不禁風的女孩子。」

龍玉波大笑，道：「她們如果是弱不禁風，總捕頭只怕就是風吹得起的了。」

楊迅板起臉，道：「你這句話是什麼意思？」

龍玉波不答反問道：「總捕頭可知道江湖上有所謂『橫江一窩女黃蜂』。」

楊迅道：「據我所知，那是很厲害的一群女賊。」

龍玉波道：「她們也就是『橫江一窩女黃蜂』之中的兩隻惡蜂。」

楊迅道：「這看來不像。」

龍玉波道：「你如果不相信，不妨去試她們的武功。」

楊迅道：「這……」

龍玉波冷笑接道：「去試試無妨，不過你必需當心，莫給她叮上一口，否則你這條命就完了。」

楊迅機伶伶打了一個寒噤，胸膛仍挺的老高。

龍玉波信口吟道：「青竹蛇兒口，黃蜂尾上針，兩般皆不毒，最毒婦人心。」

楊迅聽著又不由打了一個寒噤。

龍玉波又道：「她們兩個既是黃蜂，又是婦人，如果你完全沒有把握，我以爲還是不要妄動的好。」

楊迅一動也不一動，高挺的胸膛不覺已內縮。

龍玉波跟著問道：「像這樣的兩個同黨，你以爲能否搬空那個石室的金銀珠寶？」

楊迅沒有回答。

因爲那兩個女黃蜂已來到。

她們本來是跟在傳標後面，可是一見常護花，腳步便快了。

常護花一直等到她們來到面前，才開口問道：「你們兩個怎麼跑到這裏來？」

小桃小杏一怔，異口同聲道：「莊主不是曾派人通知我們儘快趕來幫忙？」

常護花一怔道：「沒有這種事。」

龍玉波冷笑一聲，插口道：「到這個地步，常兄就是否認也沒有用的了。」

他不等常護花分辨，跟著問小桃小杏道：「常莊主派去的那個人有沒有告訴你們，他是要你們趕去幫忙什麼？」

小桃脫口道：「搬走一些東西，卻沒有說清楚是什麼東西……嗯！」

她話出口，才注意問她說話的人。一看見龍玉波的樣子，當場就由心寒了出來，「嗯」一聲，身子一縮，忙躲到小杏的後面。

女孩子的膽子本來就比較小。

小杏這時候也已看清楚龍玉波，她的膽子似乎比小桃大，並沒有躲避，一張臉卻已青了。

她青著臉道：「你是什麼東西？」

她居然還懂得說話，這就連她自己也覺得奇怪。

她卻不知道自己的聲音已變得多麼難聽。

龍玉波奇怪的盯著她，道：「我不是什麼東西，只是一個人。」

小杏道：「不是鬼？」

龍玉波微喟道：「不是。」

小杏這才鬆過一口氣。

龍玉波接道：「你的膽子倒不小。」

小杏道：「本來就不小。」

龍玉波道：「很多女孩子看見我躲避都猶恐不及。」

小杏尙未回答，小桃突然從她的後面伸頭出來，道：「她並不是不想躲避，只是我在後面緊抓著她，不讓她躲避。」

龍玉波奇怪道：「爲什麼不讓她躲避？」

小桃道：「因爲如果她也躲，我就不知道躲到哪裏去才好了。」

龍玉波不禁失笑，大笑。

笑聲說不出的蒼涼。

小桃亦笑道：「不過我在後面抓著她，對她也不是全無好處。」

龍玉波笑聲一頓，道：「哦？」

小桃解釋道：「其實她的一雙腳早就已經發軟，若不是我在後面抓著，她早就已經摔在地上……」

她顯然還有話說，但尙未接上，已給小杏喝住了。

小杏頓足嬌喝道：「你再說，準給你好看！」

她的兩條腳想必已恢復了氣力，只頓的地下震天價響。

小桃伸了伸舌頭，一個字都不敢再出口。

這樣看，小杏平日生氣起來必是一定很厲害。

龍玉波奇怪的道：「你們現在怎又好像一些也都不害怕了。」

小桃又開口，道：「知道你不過是一個人，我們當然就不再害怕的了。」

龍玉波笑道：「你的膽子，原來並不小。」

小桃道：「膽子小的人根本不能夠在江湖闖蕩。」

龍玉波接道：「據我所知道，你們本是橫江一窩女黃蜂之中的兩隻惡蜂！」

小桃一板臉，道：「你知道最好。」

龍玉波道：「我還知道你們非獨武功高強，還有一身氣力，尤其是小桃姑娘，簡直比景陽崗打虎的武松還要厲害，當年一腳將終南山那條吊睛白額虎踢下山。」

小桃詫異道：「這件事你也知道？」

龍玉波道：「終南山附近的人到現在仍然時常把這件事掛在嘴邊。」

小桃道：「你住在終南山附近？」

龍玉波道：「不是。」

他咧嘴一笑，接說道：「我也從來沒有到過終南山，不過上一次我看見你的時候，在我的身旁恰好有一位來自終南山的朋友。」

小桃偏頭盯著他，道：「到現在我卻還不知道你到底是誰？」

龍玉波道：「我姓龍，名玉波，江湖上的朋友大都是叫我龍三公子。」

「你就是龍三公子？」

小桃一面的疑惑之色。

龍玉波輕撫醜惡的臉龐微喟道：「一個人的臉龐想不到原來真的這麼重要。」

小桃試探著問道：「你的臉龐怎會變成這樣子？」

龍玉波道：「這件事你那位莊主已經非常清楚，無須我累贅。」

他上上下下打量了小桃、小杏兩眼，笑接道：「你們無疑是常護花的得力助手，只可惜來的已經不是時候，那些東西他已經另外找人搬走了。」

小桃、小杏不由都望著常護花。

常護花輕嘆一聲，道：「到底是什麼人通知你們趕來的？」

小杏道：「是驛站的人。」

常護花道：「信件還是口訊。」

小杏道：「口訊。」

常護花道：「你們這就相信了？」

小杏道：「我們沒有理由不相信。」

常護花道：「哦？」

小杏道：「因爲那個人的確是驛站的人，平日也會給我們送來信件。」

常護花道：「是誰叫他帶的口訊？」

小杏道：「是莊主。」

常護花一愕，道：「哦。」

小杏接道：「莊主親口吩咐他，而且還給了他十兩銀子。」

常護花道：「他真的見過我？」

小杏道：「難道不是？」

常護花點頭。

小杏奇怪道：「他已經見過莊主幾次，怎會認錯人？」

常護花無言。

他連隨發覺，其他的人目光都已集中在自己的身上，每一對眼瞳之中都充滿了疑惑。他不禁苦笑，也只有苦笑。

高天祿目光即時一轉，落在傅標的面上，道：「人既然帶到，這兒就沒有你的事了，快回去！」

傅標一聲：「是！」轉身奔出去。

轉身的那剎那，他仍然懷疑的盯一眼常護花。

常護花都看在眼內，苦笑道：「我這個牢看來是坐定的了。」

龍玉波、楊迅一齊冷笑。

小杏、小桃吃驚的望著常護花，差不多同時脫口，道：「莊主……」

常護花截口道：「聚寶齋失去了一大批珠寶，嫌疑最重的已經就是我，你們這一來，我更就無法分辯，非坐牢不可。」

小杏道：「但是莊主並沒有盜去那些珠寶。」

楊迅馬上插口道：「你們怎知道？」

小杏道：「那些珠寶如果是我們莊主盜去，他一定承認。」

楊迅冷笑道：「我做了這麼多年捕頭，抓住的盜賊就算沒有一千，也有八百，每一個盜賊被我抓住的時候，幾乎都矢口否認所做過的事情。」

小杏瞟著他道：「你叫什麼名字？」

楊迅道：「楊迅，這地方總捕頭。」

小杏道：「我還以爲你是杜笑天。」

楊迅道：「你認識杜笑天？」

小杏道：「不認識，只是聽說過他的名字，我也就只知道這附近一帶最出色的一個捕頭就是杜笑天。」

楊迅悶哼一聲。

小杏接道：「如你就是杜笑天，你的說話我或會考慮一下，只可惜你不是。」

楊迅道：「我也很可惜。」

小杏道：「你可惜什麼？」

楊迅道：「懷疑他的不止我一人。」

小杏目光一掃眾人，道：「你們難道全都懷疑我們的莊主？」

楊迅搶著回道：「你現在知道，一點不遲。」

小杏忽一笑，道：「糊塗蟲本來就多得很。」

楊迅板起臉，道：「你蔑視公人，該當何罪！」

小杏居然還笑得出來，道：「你難道承認自己是糊塗蟲？」

楊迅閉上嘴巴。

小杏笑接道：「如果是我們莊主偷去，他又承認了的話，怎會還站在這裏，讓你們抓入監牢？」

楊迅道：「你不知道他突然喜歡嘗試一下坐牢的滋味？」

小杏奇怪的望著常護花，道：「他說的這話是不是真的？」

常護花點頭。

小杏苦笑道：「坐牢的滋味聽說並不怎樣好。」

常護花笑顧高天祿道：「我也聽說過，可是這位高大人已吩咐了屬下將地方打掃乾淨，好好侍候我。」

小杏道：「哦？」

三七　魅影突現

常護花笑接道：「這種牢不怕坐。」

小杏苦笑搖頭。

小桃連隨道：「我們是你的同黨，是不是也要關進牢中？」

楊迅脫口道：「一樣要……」

後面的話還未接上，給高天祿截斷。

高天祿道：「目前我們一些證據也沒有，常兄如果不喜歡，根本就不必坐牢，兩位姑娘更就不用說。」

小桃目光轉向高天祿，道：「你就是高大人？」

高天祿頷首道：「正是。」

小桃嬌笑道：「一看我就知道你是一個好官。」

高天祿不禁莞爾。

小桃笑接道：「我們也很想嘗嘗坐牢的滋味，只不知大人是否答應？」

高天祿方待回答，楊迅旁邊已笑道：「這個好極了！」

小桃不管他，只望著高天祿。

高天祿道：「你們想侍候莊主？」

小桃、小杏一起點頭。

高天祿道：「這個無妨，只要你們不怕委屈就成。」

小桃、小杏同聲道：「我們不怕。」

高天祿道：「我以爲你們也得先問問你們的莊主。」

小桃笑道：「不用問，莊主一定會准許我們……」

話說未完，常護花就笑道：「恰好相反。」

小桃、小杏一起問道：「莊主……」

常護花道：「不必多說。」

他連隨舉步。

小桃、小杏跟了上去，楊迅、龍玉波雙雙搶前，高天祿、姚坤、崔義反而走在最後。

一路上常護花只是笑。

他笑得實在有些莫名其妙。

小桃、小杏當然不甘心，可是無論她們說什麼，常護花除了笑之外，並無任何表示。

出了聚寶齋大門，常護花仍然在笑。

小桃再也忍不住，道：「你到底在笑什麼？」

常護花只笑不答。

小桃道：「如果真的有好笑的事情，你應該說來讓我們也開心一下。」

小杏跟著道：「難道那件事你不能夠讓我們知道？」

常護花終於開口。

他搖頭道：「絕對不是。」

小杏道：「是什麼事情你這樣高興？」

常護花道：「誰說我高興了？」

小杏道：「你都是在笑。」

常護花立時收起一臉笑容，道：「我之所以笑，只是因爲我實在想不出還有第二種比較好看的表情。」

他嘆了一口氣，道：「現在我頭痛得簡直要命。」

小杏道：「是因爲坐牢？」

常護花道：「坐牢我是出於自願。」

小杏道：「到底爲什麼？」

常護花道：「我需要一個清靜的地方好好的休息一下。」

小杏道：「我們也需要。」

小桃一旁又問道：「爲什麼不讓我們留在你的左右？」

常護花又笑，道：「有你們在左右，我如何還能夠清靜下來。」

小桃笑嗔道：「我們其實也並不怎樣多口。」

小杏跟著道：「這一次我們保證很少說話。」

常護花道：「只是很少說話，不是絕不說話。」

小杏想想，說道：「我們也可以絕不說話。」

常護花搖頭道：「不管怎樣，我都絕不會讓你們留在左右。」

小杏的眼圈忽然一紅，道：「莊主是討厭我們了。」

常護花柔聲道：「我是另外有事情要你們做。」

小杏發紅的眼睛立時一亮，道：「原來是這樣。」

小桃面上也有了笑容，說道：「莊主怎麼到現在才說出來，害得我們這樣子擔心。」

常護花道：「因爲，到現在我才方便說。」

小桃、小杏不約而同地往後面的人瞟了一眼。

楊迅、龍玉波亦步亦趨，正跟在他們身後七尺。

小桃連隨壓低了嗓子，道：「現在是否方便說？」

常護花點頭。

小杏卻搖頭道：「龍玉波的武功據說很厲害，不怕他聽在耳內？」

常護花道：「他中了毒童子的五毒散，非獨面目潰爛，一身武功亦已喪失，耳目已大不如前。」

小杏道：「這樣莊主說好了。」

常護花腳步加快，道：「你們是否還記得張簡齋這個人？」

小桃道：「是否那做大夫的老頭？」

常護花道：「你對他還有印象？」

小杏插嘴道：「他好像還有一個名字叫做張一帖。」

常護花道：「你的記憶力也不錯。」

他點點頭又道：「他的醫術造詣，的確已到了一帖見效藥到回春的地步。」

小杏擔心道：「莊主不是有病吧！」

常護花道：「我這人如果有病，又要叫到張簡齋，一定已經病入膏肓，無可救藥，哪裏能夠這樣跟你們說話。」

小杏道：「然則莊主突然提起他，是什麼原因？」

常護花道：「我要你們拿一樣東西給他。」

小杏道：「是什麼東西。」

常護花道：「一朵花。」

「一朵花？」

小杏、小桃一起瞪大眼。

常護花道：「張簡齋非獨醫術高明，對植物也有相當研究，尤其花卉方面。」

小杏道：「與莊主如何？」

常護花道：「只怕更勝一籌。」

他連隨解釋：「因爲他前後到過不少地方，有些地方我甚至聽都沒有聽過。對於那些地方的花卉，當然亦全無認識。」

小杏道：「莊主不知那朵花來歷？」

常護花點頭。

小杏道：「所以莊主要我們拿那朵花去一問張簡齋？」

常護花道：「不錯。」

小杏又問道：「那朵花與目前這件案莫非有很大的關係？」

常護花道：「也許是這件案的一個主要關鍵。」

小杏道：「一朵花竟這樣重要？」

常護花沉聲道：「所以你們一定要將事情弄妥。」

小杏道：「我擔心一件事。」

常護花道：「是不是擔心他對那種花也全無認識？」

小杏點頭。

常護花笑道：「這卻是無可奈何，不識就不識，他沒有印象的東西我們總不成一定要他認識，再講這個人的性格我非常清楚，沒有印象的東西他絕不會信口胡謅，強裝認識。」

小杏道：「這種人最好說話。」

常護花道：「如果他認識的話，你們就請他將知道的全部都寫下來。」

小杏道：「不知他是否記得我們？」

常護花道：「你們放心，這個人的記性比我還要好。」

小杏道：「這最好不過，因爲好些人對於陌生人都深懷戒心。」

常護花道：「說到此爲止。」

他隨即從懷中拿出了一個小包。

那本來是一方手帕將那朵花包起來，那朵花來自雲來客棧後院種著的那些花樹之上。

花本來鮮黃，放在他懷中那麼多天，一定已褪色。

這樣的一朵花，張簡齋是否還能夠分辨得出它的來歷？

常護花並不擔心，因爲當夜他已將那朵花用一種藥物處理。

經過那種藥物處理的花朵，色澤通常都可以保持一年半載。

有一花一葉，張簡齋除非根本沒有印象，否則應該可以認出來。

小杏才將那個小包接在手中，後面就傳來楊迅的一聲暴喝：「是什麼東西！」

他的人也立即奔馬一樣追上來。

這個總捕頭的頭腦雖然不大靈活，眼睛實在夠尖銳。

小杏的身子應聲飛了起來，一飛三丈，飛上了路旁一家民房的屋頂。

小桃的身手並不在小杏之下，也跟著飛起。

小杏才落在屋頂之上，小桃的人亦凌空落下。

楊迅沒有追過去，站在常護花身旁，厲聲喝道：「下來！」

小杏咭聲道：「我才不下來。」

楊迅道：「爲什麼？」

小杏道：「因怕你搶我的東西。」

楊迅道：「你不下來我追上去了。」

小杏嬌笑道：「你追得到我，不用搶，我就將這樣東西送給你。」

她一揚手中那個小包，與小桃雙雙又再飛身。

楊迅口裏說的雖響，並沒有追上去，因爲他知道自己的輕功還未到那個地步。

他眼巴巴的瞪著小桃、小杏蝴蝶一樣半空中飛舞，瓦面過瓦面，一下子就消失在夜色深處，整張面孔幾乎都發了青。

他霍地回頭，瞪著常護花，道：「你給他們的是什麼東西？珠寶抑或玉石？」

常護花道：「絕不是珠寶玉石。」

楊迅追問道：「到底是什麼東西？」

常護花道：「現在不能夠說出來。」

龍玉波這時候已經走進來，冷笑道：「如果是正當得來的東西有何不可說？」

他的武功顯然已散盡，常護花三人方才的說話他竟然一句也聽不到。

常護花閉上嘴巴，不與龍玉波分辯。

龍玉波卻不肯放過他，冷笑著又道：「你不能夠說我替你說出來怎樣？」

常護花並沒有任何表示。

龍玉波說下去：「即使不是珠寶玉石，也定是貴重的贓物，你擔心一入監牢就給搜出來，所以叫兩個同黨先行帶去。」

常護花仍然不作聲。

龍玉波惱道：「爲什麼不回答我？」

常護花冷冷的瞟了他一眼，終於開口道：「因爲我已經知道你原來是一個不肯多動腦筋的人，跟你這種人說話，簡直浪費唇舌！」

龍玉波戟指常護花，卻氣的一個字也說不出來。

常護花目光轉落在楊迅面上道：「這如果是我做的案，那如果是贓物，我早已遠走高飛。」

他一聲冷笑，又說道：「連我的同黨你們都沒有辦法，如果我要走的話，不成你們就能夠將我留下來。」

楊迅整張臉惱的發紅道：「不管怎樣，走了同黨，你這頭兒非留下來不可。」

常護花道：「我根本就沒有說過不留下來。」

他再次舉起腳步。

楊迅忙喝住：「哪裏去！」

原來他比龍玉波更少動腦筋。

常護花不禁有些啼笑皆非的感覺。

一個聲音即時從後面響起來，替他回答道：「常兄現在就是去衙門，這件事你難道忘記了。」

聽到這聲音楊迅氣焰弱了一半。

高天祿緩步走向常護花，道：「常兄請！」

常護花一笑舉步。

高天祿就走在常護花身旁。

對於常護花，他竟然如此信任。

——難道常護花真的與那些珠寶的失竊無關？

——難道我的判斷完全錯誤？

楊迅不由對自己懷疑起來。

——如果不是常護花，又是什麼人偷去那些珠寶？

——莫非是妖魔？

是鬼怪？

楊迅心裏猛一寒。

他不由自主張目四顧！

也就在這個時候，他突然看見前面巷口人影一閃！

他脫口大喝一聲：「誰？」

喝聲方出口，那條人影已凌空飛撲過來。

人未到，一股濃重的血腥氣味已直迫咽喉！

楊迅不由一聲怪叫：「鬼！」

常護花高天祿方在說話，就聽到了楊迅「誰」那一聲怪叫，立時都一怔。

幾乎同時常護花已發覺一條人影從前面巷口撲出來。

他的耳目本來就夠靈敏。

楊迅那個鬼字都還未出口，常護花的手已握在劍柄上。

他的身手又是何等矯捷！

劍方待出鞘，楊迅那一聲「鬼！」就來了。

那一聲楊迅恐懼之下出口，已不像人的聲音，如此深夜聽來更覺得恐怖！

「鬼」這個字本來就已經是恐怖的象徵了。

楊迅那樣叫出來，無論什麼人，只怕都不免大吃一驚。

常護花並沒有例外。

到他一定神，「鬼」已經撲到了。血腥味更濃郁，令人欲嘔！

三八 揭秘信箋

常護花到底反應迅速，他目光及處，顧不得拔劍，一掌推向高天祿。

高天祿正在常護花身旁發怔！

這一推，最少將高天祿推開一丈。

高天祿到底還有幾下子，整個身子雖然給推的打了一個轉，左右腳仍撐得住，總算沒有跌倒在地上。

常護花左手一推，身子幾乎就同時一轉，一旁轉出去。

「鬼」亦幾乎同時從兩人之間撲過。

這於是就變了撲向走在兩人後面的楊迅！

第一個見鬼的是楊迅，第一個鬼叫的也是楊迅，可是現在這個鬼撲到來，他竟還站在那裏，莫非他已嚇呆了。

「鬼」立時撲在他的身上，一隻手已握住了他的脖子！

冰冷的手，完全沒有血溫，卻帶著惡臭。

楊迅心膽俱寒，他居然沒有給嚇暈，整個身子卻都癱軟了。

他癱軟地上。

「鬼」並不罷休，相繼壓下去，那張鬼臉幾乎就與楊迅的面龐相貼。

血腥更刺鼻。

那刹那之間，他已經看清楚了那張鬼臉。

「杜笑天！」

他當場驚呼失聲！

那張鬼臉雖然難看，仍然可以分辨得出是杜笑天的臉。

這個「鬼」竟是杜笑天！

楊迅驚呼未絕，杜笑天的「鬼」就從他身上飛起來。

是凌空飛起來，並不是爬下來，站起來。

楊迅更恐懼，連聲怪叫，連滾帶爬，好幾次爬起半身，但立即又跌回地上去。

他混身骨頭似乎全都軟了。

幸好杜笑天的「鬼」飛起之後，並沒有再次撲下。

杜笑天的「鬼」其實並不是自己凌空飛起來，是給人抓住領子硬拉起來。

這個人當然是常護花。

除了常護花，誰還有這個膽量。

高天祿看在眼內，實在佩服至極了。

他脫口稱贊一聲道：「你好大的膽子。」

常護花卻應道：「你看出這只是杜笑天的屍體了。」

高天祿點頭。

他們已經都看出那並不是杜笑天化成的魔鬼，只是杜笑天的屍體。

在楊迅失聲驚呼之際，他們已留意。

常護花一把將杜笑天的「鬼」抓起來，就將那張鬼臉一向自己。

的確是杜笑天！

臉龐雖然已乾癟，他們仍然分辨得出來。

高天祿連隨又搖頭道：「我卻看不出他的死因。」

常護花道：「我一樣看不出。」

他皺起了鼻子。

杜笑天的屍體也實在教人鼻酸。

惟一比較好看的還是他的臉龐。

那張臉龐其實也已不像一個人的臉龐，臉容乾癟，臉色蒼白，眼眶內陷，眼珠卻外突，眼瞳中彷彿藏著無限怨毒，隱約閃爍著死魚眼一樣慘白的光芒。

除了臉龐之外，杜笑天混身上下幾乎已沒有一塊完整的肌肉。

望著這樣的一具屍體，常護花也不由打了一個冷顫。

他的目光落在杜笑天的左手上。

杜笑天的肌肉上雖然沒有血，左手上卻是有血。

鮮紅的血液，已經乾涸，但仍然著血光，而且還帶著一種妖異的惡臭。

他的手握拳，握的看來非常緊，就像是握著什麼東西。

常護花忍不住扳開了他的左手。

在他的左手之中，赫然握著一隻蛾！

碧綠的翅膀，血紅的眼睛。

吸血蛾！

那隻吸血蛾已給他握的碎裂。

常護花第一次變了面色。

姚坤這時候亦已拉起楊迅，扶他走過來。

一看見杜笑天手中的吸血蛾，兩人更是面色大變，不約而同驚呼一聲──「吸血蛾！」

高天祿聽在耳內，慘笑道：「現在我知道他混身的血液哪裏去了。」

常護花道：「你是不是認爲都到了吸血蛾的肚子裏頭？」

高天祿道：「你難道還另有解釋？」

常護花搖頭道：「沒有。」

高天祿道：「那些吸血蛾一定還有什麼秘密，這個秘密勢必又被他偵破，而他卻亦被發現，才變成這樣！」

常護花道：「我也認爲如此。」

高天祿道：「有幾件事我想不通。」

常護花道：「你說好了。」

高天祿道：「杜笑天無疑已經是一個死人。」

常護花道：「而且已經死了很久。」

高天祿道：「他怎能夠從前面巷口衝出來？」

常護花不假思索道：「給人在背後推一把就可以的了。」

高天祿道：「你是說巷那邊有人？」

常護花道：「這是最合理的解釋。」

高天祿點頭道：「的確大有道理！」

他連隨一聲：「我們搜！」

常護花伸手按住，道：「就算我的推測與事實一樣，這一陣耽擱，那還不遠走高飛。」

高天祿道：「這我們現在該怎樣？」

常護花想想，道：「先將杜笑天的屍體送回去，交仵工驗屍，希望能夠發現真正的死因。」

高天祿接道：「然後再派人調查杜笑天昨日的行蹤。」

常護花微喟道：「然後就將所有的報告拿來監牢給我。」

他連隨放下杜笑天的屍體，大踏步走了出去。

高天祿叫道：「你這就去了？」

常護花又嘆了一口氣道：「不然還等什麼？」

高天祿亦自嘆了一口氣，追了上去。

日在中天。

中午。

陽光從牢頂的天窗射下來，正射在常護花的面龐上。

常護花終於張開眼睛，坐起來。

現在他卻是精神奕奕。

一陣急驟的腳步聲即時傳來。

常護花緩步走向牢門。

兩下幾乎是一起來到牢門內外。

門外腳步聲一落，就是開鎖的聲音。

常護花倒退一步，牢門即時打開來。

四個人站在牢門之外。高天祿、楊迅、姚坤、傅標！

他們都神態凝重。

高天祿一見常護花，立即道：「常兄醒來了？」

常護花笑道：「你知道我曾經在牢內睡覺？」

高天祿道：「只是推測。」

他的臉上並無笑容，只是憂慮之色。

常護花鑑貌辨色，道：「又有事情發生了？」

高天祿道：「正是！」

常護花道：「什麼事情？」

高天祿道：「人命案子！」

常護花急問道：「誰死了？」

高天祿道：「龍玉波！」

常護花一怔，道：「死在什麼地方？衙門客院？」

高天祿道：「正是！」

常護花大叫道：「快帶我去。」語聲方落，他已經衝出了牢門。

常護花再快也沒有用。

他雖然也懂得一些醫術，並沒有起死回生的本領。

就是華陀再世也救不活龍玉波的了。

因爲龍玉波已經是一個百分之一百的死人，死了好幾個時辰的死人。

一把匕首正插在他的心房之中。

普通的匕首，沒有任何的識別。

常護花盯著那柄匕首，整個人彷彿變成了一具沒有生命的木偶。

姚坤忍不住問道：「常爺是否發現了什麼？」

常護花沒有回答，卻問道；「仵工看過了這具屍體沒有？」

姚坤道：「看過了。」

常護花道：「他們認爲是什麼時候死的？」

姚坤道：「推測是昨夜。」

常護花又問道：「昨夜有沒有人聽到任何聲息？」

姚坤道：「沒有。」

常護花道：「要殺他的確很容易。」

他嘆了一口氣，道：「我應該防到這一點。」

高天祿、姚坤、楊迅、傅標四人都奇怪的望著他。

常護花沒有理會，轉問道：「杜笑天的屍體又如何?仵工找到了什麼？」

姚坤道：「並沒找到死因，只在他的靴子抓到了一片樹葉，兩朵小花。」

常護花道：「拿來。」

姚坤探懷取出了一個紙包。

常護花接在手中，連隨拆開來。

青綠的樹葉，鮮黃的小花。

對於這種花葉並不陌生。

他目光一寒又問道：「他昨日的行蹤是否又已經清楚？」

姚坤道：「不怎樣清楚，只是知道他曾經從城東大門走出去。」

「城東！」常護花幾乎跳起來。「不錯，城東！」

高天祿脫口問道：「城東又怎樣？」

常護花沒有回答，道；「你們先隨我去一個地方找一個人。」

高天祿道：「什麼地方？」

常護花道：「聚寶齋！」

高天祿又問道：「找誰？」

常護花道：「崔義！」

然後他的人就衝了出去，高天祿四人不由的緊追在後面。

一行人才出衙門，兩騎快馬就迎面衝了過來。

馬上的騎士正是小桃、小杏兩人。

常護花一眼瞥見，大聲道：「回來的正是時候。」

他的言行舉動簡直就似半個瘋子。

小杏、小桃都給他嚇了一跳，卻還未開口，常護花已搶先問道：「見到了張簡齋沒有？」

小杏道：「見到了。」

常護花道：「他是否認識那種花？」

小杏點頭。

常護花追問道：「他怎樣說話？」

小杏從懷中取出一封信，道：「都寫在這裏了。」

常護花道：「拿來！」搶在手中。

小杏道：「你坐下來慢慢看清楚。」

常護花搖頭，道：「不，我一面走一面看。」

他已經將信拆開。

小杏忙問道：「莊主去哪裏？」

常護花腳步已舉起來，頭也不回道：「聚寶齋！」

說話間他的目光已落在信箋之上。

一絲笑容旋即露出了他的面龐。

信箋上到底寫著什麼？

三九　眞相大白

崔義在聚寶齋之內。他正在後院花木叢間徘徊，面上的神色非常奇怪，彷彿在思索什麼。一個家人從外面進來，卻一直走到他的身旁，才爲他發覺。

他信口問道：「什麼事？」

家人道：「有人找管家。」

崔義道：「誰找我？」

一個聲音從那邊遙遙的應道：「我！」

崔義循聲望過去，就看見了常護花，還有小杏、小桃、高天祿、楊迅、傅標！他面色微變，道：「原來是常爺，找我什麼事？」

常護花道：「問你一件事情。」

崔義道：「請問。」

常護花道：「你爲什麼殺死龍玉波？」這句話出口，在他身旁的人都一怔。

崔義面色大變，勉強笑道：「常爺的話我不明白。」

常護花道：「崔義，我這樣說出口，當然已掌握充份的證據。」崔義再也笑不出來了。

常護花接道：「昨夜你是在門外聽到了龍玉波武功已盡散這件事。」崔義沒有作聲。

常護花又道：「高大人請龍玉波住在衙門客院的時候你也在場，這對你的計畫當然大有幫助。」

崔義終於點頭，道：「不錯。」這已經等於承認殺人的就是他。

常護花道：「如果你不知道他的武功盡散，你是否還敢下手？」

崔義道：「我不敢。」

常護花一聲嘆息，道：「想不到我的一句話，竟就是一條人命！」

崔義道：「很多事你都想不到。」

常護花道：「你願意告訴我？」

崔義道：「不願意。」

楊迅插口道：「不願意也要願意。」

崔義道：「哦？」

楊迅道：「現在你已無路可走……」

崔義又笑了，道：「總捕頭這樣說就錯了，一個人無論在如何惡劣的環境之下，最低限度都還有一條路可走。」

楊迅冷笑道：「什麼路？」

崔義道：「死路！」

話未完，他人已倒下去。他的右手不知何時已多了一把匕首，匕首現已刺入他的心房。

崔義的「死」字出口，常護花人已飛起，「路」字的餘音尙未散盡，常護花人已落在崔義身旁。他身形的迅速已不下離弦箭矢！只可惜崔義「死」字出口之時，匕首已入胸！

他目送崔義倒下，搖頭嘆息道：「你實在是一個很好的僕人，只可惜縱然你以死封口，亦於事無補。」

其他人相繼奔了過來。

高天祿看著常護花，道：「常兄憑什麼肯定他就是殺龍玉波的兇手？」

常護花反問：「如不知龍玉波武功已盡散，有誰膽在衙門內謀殺他？」

高天祿道：「相信沒有。」

常護花接道：「龍玉波武功盡散顯然還是一個秘密，否則他最少已死了一百次，兇手既不遲也不早，在我揭露龍玉波的秘密當夜下手，極有可能就是聽到我說那些話的人，當時除了你之外，就只有崔義在場，最可疑的人無疑也就是他！」

高天祿道：「我建議龍玉波住入衙門的時候，崔義也是在一旁。」

常護花道：「單憑這兩點就認爲他是兇手，是有些過份，不過，他的經驗也未免太少，一嚇就方寸大亂。」

高天祿道：「就這樣給你嚇死了。」

常護花道：「他到底不是一個老手，否則他一定知道只要矢口否認，我們根本就沒法奈何他。」

高天祿道：「現在我們亦是完全沒法奈何他，這一嚇，他這條線索也給你嚇斷了。」

常護花道：「未必！」

一聲未必，他霍地轉身，舉起腳步。

高天祿問道：「你又有什麼打算？」

常護花道：「去第二個地方，找第二個人！」

高天祿道：「第二個是什麼地方？」

常護花道：「雲來客棧。」

高天祿道：「這一次又找誰？」

常護花一字字道：「史雙河！」

一行人來到，常護花親自上前拍門。

「是誰？」有人應門，聲音陰陽怪氣。

史雙河的聲音，常護花聽得出，他應聲道：「是我常護花。」

門應聲打開，史雙河探頭出來。一股酒氣撲上常護花的面上。史雙河的右手正握著一個酒瓶，他又是在喝酒。

常護花盯著他。史雙河的滿佈紅絲的眼睛也是在盯著常護花，他忽然咧嘴一笑，道：

「真是常大俠，來拿那些花樹回去萬花莊。」

常護花立即搖頭道：「我來找人！」

史雙河道：「找誰？」

常護花道：「一個以前的好朋友！」

史雙河道：「這裏只有我一個人。」

常護花道：「我要找的也就是你。」

史雙河愕然地道：「我怎會是你的好朋友？」

常護花道：「現在的確不是！」

史雙河道：「以前難道是了？」

常護花面容一寒，道：「崔兄，到這個地步，你還要裝模作樣？」

這一聲「崔兄」出口，所有人齊都怔在當場。史雙河的神情應聲變得奇怪非常。

常護花盯著他道：「你戴的人皮面具自己取下來，還是由我來替你取下來？」

史雙河亦盯著他，好半晌才道：「常護花，你厲害！」

話口未完，史雙河的臉龐就裂開，一片片剝落。雖然是光天化日之下，看見這情形，就連常護花也爲之心悸。剝落的臉龐之後又是一張臉龐！

史雙河舉手左右一掃，掃下還未剝落的臉屑，隱藏在假臉之後的那張臉龐就畢露無遺。那張臉龐除了小杏、小桃，其他人都熟悉。也除了小杏、小桃，其他人都目瞪口呆。

常護花當然例外，他瞪著那張臉龐，神情卻變的複雜非常，也不知是悲哀還是什麼。

沒有人說話，這剎那眾人的呼吸也彷彿全都已停頓。

整個地方陷入一片怪異的靜寂之中。

良久，高天祿脫口發出了一聲呻吟：「崔北海！」

隱藏在那史雙河臉龐之後的臉龐赫然是崔北海的臉龐。史雙河赫然是崔北海的化身！這實在令人難以置信。

楊迅盯著崔北海，接口道：「你不是已經死了！」

崔北海沒有理會楊迅，只是盯著常護花，驀地一笑，道：「你今天才識破我的真面目？」

常護花並沒有否認，道：「不錯。」

崔北海道：「我露出了什麼破綻？」

常護花道：「其實一開始你就已經露出了破綻。」

崔北海道：「哪裏？」

常護花冷冷的道：「在那十四卷你用來記事的畫軸之上。」

崔北海道：「哦？」

常護花道：「那十四卷畫軸你是否還記得什麼顏色？」

崔北海道：「是碧綠色。」

常護花替他補充道：「兩端還垂著紅色的絲穗。」

崔北海道：「這又有什麼關係？」

常護花再問道：「那些吸血蛾的眼睛與翅膀又是什麼顏色？」

崔北海道：「眼睛顏色血紅，翅膀顏色碧綠。」

常護花道：「害怕老鼠的人，對於老鼠相同顏色的東西大都非常討厭，甚至毛管倒豎，噁心的要嘔吐，這只是個例子，其他對於某種東西討厭的人對於某種東西也有同樣感覺，這也就是頑固的色彩觀念作怪，對於這種感覺並不難理解。」

他一頓才接下去，道：「你既然如此討厭那些吸血蛾，害怕那些吸血蛾，又怎會選擇與那些吸血蛾同顏色的畫軸記錄那些事情？是以一開始，我就懷疑那些記錄是否事實。」

崔北海微喟道：「你倒觀察入微。」

楊迅一旁忍不住插口問道：「那是沒有所謂蛾妖，蛾精的了。」

常護花道：「我們腦海中之所以有蛾妖蛾精這些觀念存在，完全是由於看見那些記錄的影響，那些記錄卻是他寫的。」

楊迅哦一聲。

常護花接道：「無可否認，他實在是個寫故事的天才，也是個殺人的天才，一石五鳥，這種辦法也虧他想得出來。」

他嘆息又道：「一直到那些金銀珠寶失竊，我才懷疑他並未死亡。」

楊迅道：「這又是什麼原因？」

常護花道：「除了他之外，還有誰能如此利用地下室的機關將那些金銀珠寶搬光？」

楊迅點頭，但連隨又搖頭道：「你方才說的什麼一石五鳥，我仍是不明白。」

常護花道：「昨夜我整整想了一夜，才想通整件事，現在我就將自己的推測說出來，如有錯漏，你不妨補充一下。」

說到最後的兩句，他的目光就在崔北海的面上，這最後兩句話當然也就是對崔北海說的。崔北海沒有表示。

各人店內坐定了，常護花才繼續說下去，道：「事情說起來得從三年之前開始，當年我們十四個好朋友從龍玉波一夥的手中搶去金雕盟藏寶，原是約定了變換了金錢糧食，救濟黃河兩岸當時被洪水禍害的窮苦人家，誰知道我一時走開，我這位好朋友竟就將所有的金銀珠寶據爲己有，悄悄搬走了。」他一聲嘆息又道：「這就是我們兩個好朋友交惡的原因。」

高天祿道：「那之後你怎樣？」

常護花道：「我沒怎樣，能認識他的真面目，已是一個收穫。龍玉波他們不肯罷休，不久龍玉波就已追查到他頭上。」

崔北海道：「不錯。」

常護花道：「龍玉波是多方試探，以你這樣精明的人，又豈會不覺查，結果你採取行動搶先下手，伏殺阮劍平。」

四十 血蛾迷霧

崔北海並不否認，道：「阮劍平的確是我殺的！」
常護花道：「你卻不敢對龍玉波採取任何行動。」
崔北海道：「因我還有自知之明。」
常護花道：「你自知不是他對手。」
崔北海點頭，道：「否則第一個我就是殺他。」
常護花道：「你當然擔心他找來！」
崔北海道：「不擔心才怪。」
常護花接道：「當時你的心中還牽掛著一件事。」
崔北海道：「你認爲是什麼事？」
常護花道：「郭璞與易竹君那事。」
崔北海眼角一跳。
常護花繼續說下去：「你當時一定已查清楚易竹君處子之身給了郭璞，以你的性情，當然絕不會就此罷休。」

一頓他又道：「龍玉波其時卻亦已越來越迫近，要應付這個敵人，最好的辦法無疑就是裝死，由裝死而想到乘機陷害郭璞、易竹君，也是由裝死你想到遺囑，轉而再想到遺囑設下圈套，連我也害上一害——因爲我知道你的事情實在太多，無疑就是你的眼中釘！」

崔北海道：「我當然想拔掉這顆眼中釘。」

常護花接道：「計畫擬好了之後，你就按照計畫逐步採取行動——首先你製造吸血蛾的種種怪事，然後在十五月圓之夜，給自己製造一具死屍……」

楊迅忍不住截口問道：「那具死屍其實是……」

常護花反截他的話，道：「是史雙河的屍體。」

楊迅道：「哦？」

常護花道：「史雙河對於當年的事情必是耿耿於懷，時思報復。」

崔北海道：「事實如此。」

常護花道：「你想必已經知道史雙河有這個心，索性就結果了他，拿他的屍體來頂替！」

崔北海道：「正是。」

常護花道：「你再將屍體放在閣樓之上，這一被發現，郭璞、易竹君難免牢獄之災，何況在事前，你已經以郭璞的身分，亦安排好種種對他不利的證據，只不過三年不見，你的易容術越來越厲害了。」

崔北海道：「過獎。」

常護花道：「然後你進監牢之內，擊殺易竹君、郭璞，留下吸血蛾，使別人以爲他們兩人真的是兩個蛾精。」

崔北海默認。

常護花道：「你能夠進入監牢，想必又有賴那些易容藥物。」

崔北海道：「還有迷香。」

常護花道：「當時你是以什麼身分混進去？」

崔北海道：「胡三杯的身分。」

常護花道：「你當時怎樣處置郭璞、易竹君兩人？」

崔北海道：「就是擊殺了他們。」

常護花道：「屍體搬到什麼地方？」

崔北海道：「城西的亂葬崗。」

常護花一聲微喟，道：「事情到這個地步，無疑就告一段落，之後便是我與龍玉波登場了。龍玉波既然調查到你，又豈會不調查我，珠寶不見了，我與他不免就會發生衝突，鬥一個兩敗俱傷。」

崔北海道：「我是這樣希望。」

常護花道：「這你就只有失望，事實上龍玉波一死，事情反而就變得簡單了。」

崔北海一驚問道：「龍玉波死了？」

常護花並不奇怪，道：「還是今天早上發生的事情。」

他似乎全不知情。

崔北海道：「誰有這個本領殺他？」

常護花道：「崔義。」

崔北海失笑道：「崔義有這本領？」

常護花道：「你大概也知道龍玉波曾經決鬥毒童子。」

崔北海道：「我知道，所以我更擔心他找來。」

常護花道：「你卻不知道他中了毒童子的五毒散，非獨毀去了面目，而且散去一身的武功。」

崔北海頓足長嘆。

常護花道：「可是你也不必長嘆，崔義一知道這秘密，已替你簷夜殺了他。」

崔北海還是嘆息道：「他無疑是個忠心僕人，只是這樣做於我又有何好處？」

常護花道：「於我卻有一樣好處。」

崔北海替他說了出來：「這使你更加肯定我仍然在人世！」

常護花點頭道：「其實事情由開始到現在，要細想清楚亦不難，發覺好幾處值得懷疑的地方。」

他嚥了一下咽喉，接下去：「關於這方面，杜笑天與楊迅此前已說及。」

崔北海道：「你們這之前的推測無疑都大有道理，但是因吸血蛾的存在，才令你們自己都不敢肯定。」

常護花道：「這是事實，我一開始就懷疑那些畫軸，是以始終都認爲官方對於這件案的推測並不正確，只是我沒有說出來——譬如他們曾經認爲吸血蛾魔鬼一樣變幻，那些事情其實是郭璞、易竹君利用你對蛾的恐懼日夜施壓力，迫使你的神經陷入錯亂狀態，從而生出種種的幻覺，卻不知，假如說那些吸血蛾的幻變當時連你也一樣沒有看見，亦大有可能。」

崔北海道：「因爲你始終認爲那只不過是記錄下來的東西，並非現實存在的證據。」

常護花點頭，又一聲微喟，道：「我卻也不能夠否認你是一個聰明人——郭璞、史雙河、崔北海，一個人竟有三個化身，竟變成了三個人，的確出人意料，尤其是你本身與郭璞一個寫下對那些吸血蛾恐懼的日記，一個卻養著千百隻吸血蛾，完全是性格相反，各走極端的兩個人，根本就不可以拿來一起說。」

楊迅又插口問道：「可是那些吸血蛾的血？」

常護花道：「不錯，是吸血蛾的血……」

楊迅道：「蛾血又怎會和人血一樣？」

常護花道：「是因爲這種東西影響。」

他拿出了小杏還給他的那個小包。

楊迅盯著那個小包道：「裏面是什麼東西？」

常護花將小包抖開，一朵鮮黃色的小花，一片青綠色的小葉跌了出來。

楊迅道：「這不是客棧後院那些花樹的花葉？」

常護花道：「正是。」

他緩緩接道：「那種花樹我都不認識，那麼多種在那裏，實在是一件奇怪的事情，所以我昨夜叫小桃、小杏拿去給我的一個對花草更有研究的朋友看看。」

楊迅道：「他是否知道？」

常護花點頭道：「他將所知道的都寫下來，交她們帶回來給我。」

他目注崔北海接道：「那種花就叫做蘇坊，原產於天然，帶有刺花黃色，葉則是羽狀複葉，將花莖去皮煎液，就是血一樣的液體，或叫蘇木水，當地人是拿來做染料，那些吸血蛾其實以植物爲食物，終日吸食這種蘇木水，血液才變成這樣。」

崔北海道：「你那朋友是張簡齋？」

常護花道：「正是，他說的是否事實？」

崔北海道：「全屬事實。」

常護花道：「你在吸血蛾這方面，無疑下了不少苦心。」

崔北海道：「工欲善其事，必先利其器。」

常護花嘆息接道：「你到底是一個聰明人還是個瘋子？」

崔北海笑了出來，道：「兩種人都是，如果我不是聰明人，絕不會做出這種事情，但如果我不是一個瘋子，又豈會寫下日記才進行這個恐怖計畫？」

常護花苦笑。

崔北海笑道：「崔義現在怎樣了？」

常護花道：「他已經自殺來封口。」

崔北海無言片刻，道：「連我都想不到你有那麼厲害，他當然更加想不到，無論他是死是活，對於整件事情事實都沒有影響，結局始終是現在這個結局。」

他緩緩站起身來。

左右傅標、姚坤一起跳起身，一個手握鐵鎖，一個撤出了雙槍！

崔北海一眼也沒有望他們，他目注常護花道：「珠寶在地牢下面，你隨我去看看好不好？」

常護花道：「只是去看那些珠寶？」

崔北海道：「還了斷你我之間的恩怨，下面地牢實在是一個用劍的好地方。」

他轉身舉步。

常護花一聲輕嘆，終於亦站起身子，跟在崔北海身後。

因爲他知道，這件事已經無法避免！

崔北海從石縫中拔出了一柄劍。

七星絕命劍！

崔北海目光一寒，道：「你的劍？」

常護花應聲拔劍。

崔北海道：「多年來我一直都不是你的對手，現在除非會出現奇蹟，否則只是一個結果。」

他語聲一沉，一字字的道：「我寧可接受這個結果。」

常護花明白！

崔北海一個身子連隨凌空！

常護花的身子也同時凌空！

夜空中剎那劃出了兩道閃電，明月下突然多出了七顆星星！

閃亮的星星！

霹靂的一下金鐵交擊聲響，錚錚錚錚的落星如雨！

閃電一閃而過，人影凌空落地，位置已互易，崔北海手中七星絕命劍之上的七星竟也改易了位置，嵌在常護花劍上！

崔北海面如死灰，盯著常護花那支劍上嵌著的七星，突然道：「好，很好！」

常護花沒有作聲！

一道劍光即是又劃空。

崔北海的劍！

劍自下而上，只一劍，他幾乎就將自己的上半截的身軀削開兩片！

血飛激！

鮮紅的鮮血，明月之下瑰麗而奪目！

一片激烈的霎霎聲響幾乎同驚破夜空，圍繞著明月飛舞的群蛾突然都發瘋一樣，轉撲向崔北海身上噴出來的鮮血！

地牢中連隨多了一種常護花沒有聽過的聲響！

——吸血蛾！

自己的推測難道完全錯誤，那些吸血蛾難道真的會吸食人的血？

常護花整個身子彷彿浸在冰水之中！

地牢內是月夜，客棧外仍然是白天！陽光溫暖。

走在這陽光之下，常護花的心頭仍然是一片冰冷。他沒有作聲。

小杏、小桃左右伴著他，也一聲不發，兩人的面色都是一片蒼白。

也不知走出了多遠，常護花才回頭一望。雲來客棧已經不在視線內。他只覺得就像是做了一個惡夢。

惡夢現在終於已過去。

以後是否還有這樣的惡夢？

常護花不知道，也沒有人知道。

這樣的惡夢卻就是一個也已嫌太多！

全書完

古龍精品集 80

吸血蛾（下）

作者：古龍
發行人：陳曉林
出版所：風雲時代出版股份有限公司
地址：10576台北市民生東路五段178號7樓之3
電話：(02) 2756-0949　　傳真：(02) 2765-3799
封面原圖：明人出警圖（原圖爲國立故宮博物館典藏）
封面影像處理：風雲編輯小組
執行主編：劉宇青
行銷企劃：林安莉
業務總監：張瑋鳳
出版日期：古龍80週年紀念版2019年1月
ISBN：978-986-352-286-7

風雲書網：http://www.eastbooks.com.tw
官方部落格：http://eastbooks.pixnet.net/blog
Facebook：http://www.facebook.com/h7560949
E-mail：h7560949@ms15.hinet.net
劃撥帳號：12043291
戶名：風雲時代出版股份有限公司

風雲發行所：33373桃園市龜山區公西村2鄰復興街304巷96號
電話：(03) 318-1378　　傳真：(03) 318-1378
法律顧問：永然法律事務所 李永然律師
　　　　　北辰著作權事務所 蕭雄淋律師

行政院新聞局局版台業字第3595號 營利事業統一編號22759935

定價：240元

國家圖書館出版品預行編目資料

吸血蛾／古龍作. -- 再版. --臺北市：
風雲時代, 2016.02
　冊；　公分
ISBN: 978-986-352-285-0（上冊：平裝）. --
ISBN: 978-986-352-286-7（下冊：平裝）. --
857.9　　104026918